清代詞籍選本珍稀版本彙刊（第一輯）

主編 沙先一 曹明升

亦園詞選

[清] 侯文燦 輯

曹明升 點校

南京大學出版社

國家社會科學基金重大項目「歷代詞籍選本敍録、珍稀版本彙刊與文獻數據庫建設」成果

國家出版基金項目

「十四五」時期國家重點出版物出版專項規劃項目

二〇二一—二〇三五年國家古籍工作規劃第一批重點出版項目

康熙巳巳新鎸

梁溪侯蔚礽手編

亦園詞選

詞選即曲

于野堂藏板

于野堂主人附白

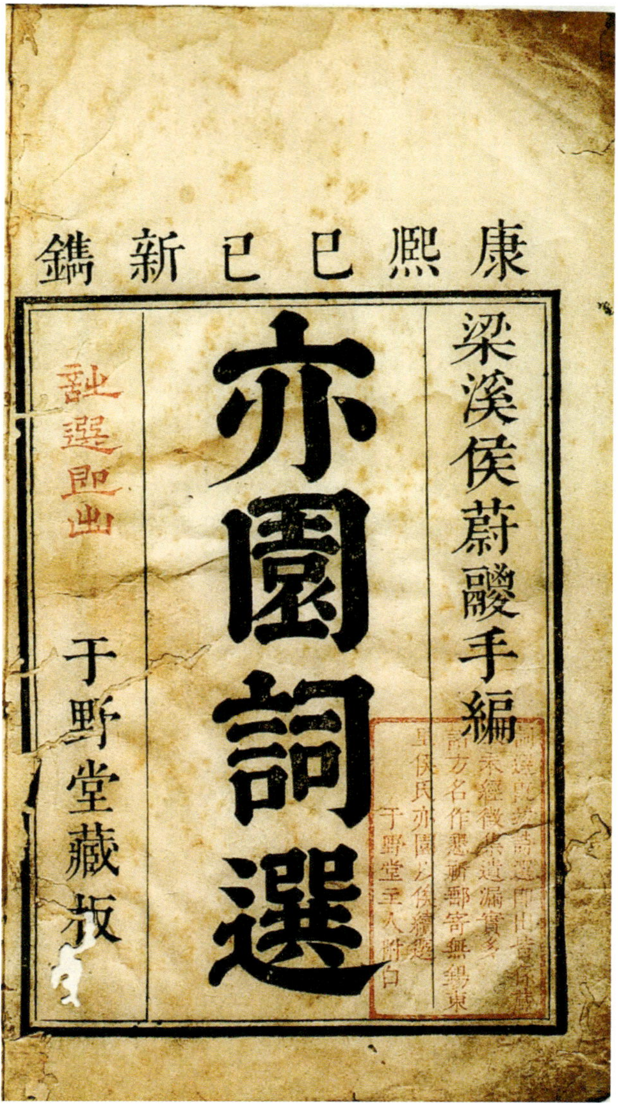

《亦園詞選》書影一（日本國立公文書館藏清康熙二十八年刻本）

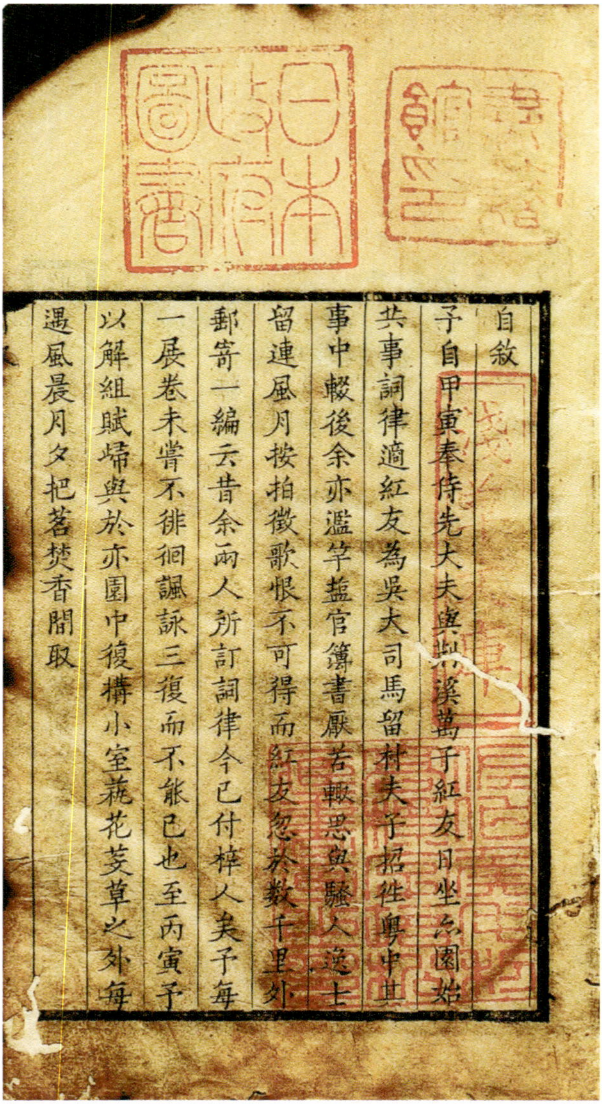

自敘
予自甲寅奉侍先大夫與荆溪萬子紅友日坐亦園始共事詞律適紅友為吳大司馬留村夫子招往粵中共事中輟後余亦濫竽鹽官簿書厭若輒思與騷人逸士留連風月按拍徵歌恨不可得而紅友忽於數千里外郵寄一編云昔余兩人所訂詞律今已付梓人矣予每一展卷未嘗不徘徊諷詠三復而不能已也至丙寅予以解組賦歸與於亦園中復搆小室蒔花芟草之外每遇風晨月夕把茗焚香閒取

《亦園詞選》書影二（日本國立公文書館藏清康熙二十八年刻本）

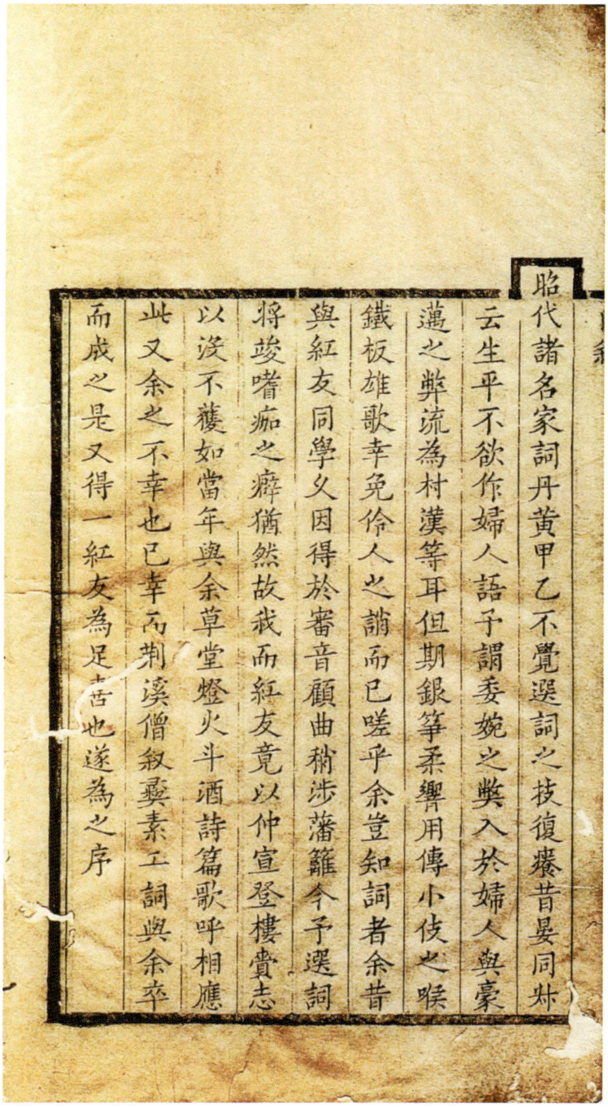
昭代諸名家詞丹黃甲乙不覺選詞之技復癢昔晏同叔
云生平不欲作婦人語予謂委婉之弊入於婦人與豪
邁之弊流為村漢等耳但期銀筝柔響用傳小伎之喉
鐵板雄歌幸免伶人之誚而已嗟乎余豈知詞者余昔
與紅友同學久因得於審音顧曲稍涉藩籬今予選詞
將竣嗜痂之癖猶然故我而紅友竟以仲宣登樓賫志
以沒不獲如當年與余草堂燈火斗酒詩篇歌呼相應
此又余之不幸也已幸而荆溪僧叙彝素工詞與余卒
而成之是又得一紅友為足喜也遂為之序

《亦園詞選》書影三（日本國立公文書館藏清康熙二十八年刻本）

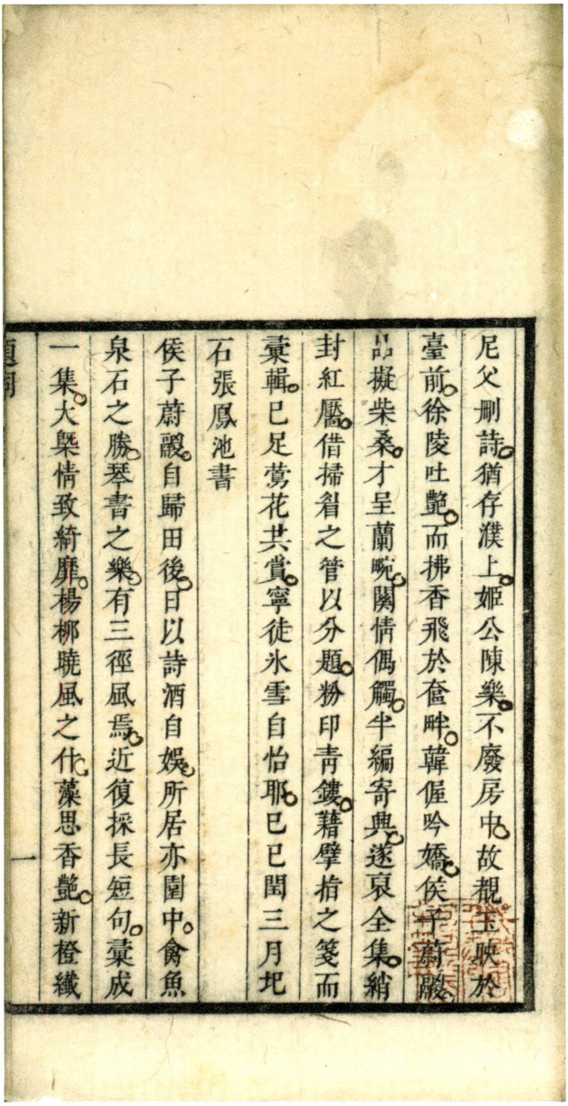
尼父刪詩猶存濮上姬公陳樂不廢房中故靚玉映於
臺前徐陵吐艷而拂香飛於奩畔韓偓吟嬌侯子蔚霞
品擬柴桑才呈蘭畹閑情偶觸半編寄興遂裒全集緒
封紅豔借掃眉之管以分題粉印青鏤藉擘楮之箋而
彙輯已足夢花共賞寧徒氷雪自怡耶巳巳閏三月圯
石張鳳池書
侯子蔚霞自歸田後日以詩酒自娛所居亦園中禽魚
泉石之勝琴書之樂有三徑風焉近復採長短句彙成
一集大槩情致綺靡楊柳曉風之作藻思香艷新橙纖

《亦園詞選》書影四（上海圖書館藏清康熙二十八年刻本）

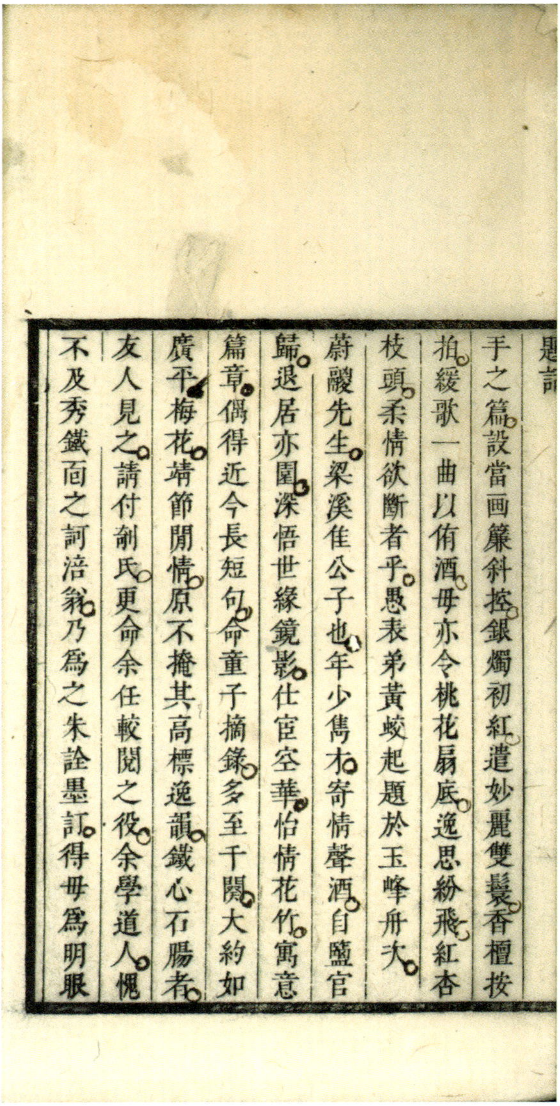
題詞
于之篇設當画簾斜控銀燭初紅遣妙麗雙鬟香檀按
拍緩歌一曲以侑酒毋亦令桃花扇底逸思紛飛紅杏
枝頭柔情欲斷者乎愚表弟黃蛟起題於玉峰舟次
蔚醲先生梁溪隹公子也年少雋才寄情聲酒自鹽官
歸退居亦園深悟世緣鏡影仕宦空華怡情花竹寓意
篇章偶得近今長短句命童子摘錄多至千闋大約如
廣平梅花靖節閑情原不掩其高標逸韻鐵心石腸者
友人見之請付剞氏更命余任較閱之役余學道人愧
不及秀鐵面之訶涪翁乃爲之朱詮墨訂得毋爲明眼

《亦園詞選》書影五（上海圖書館藏清康熙二十八年刻本）

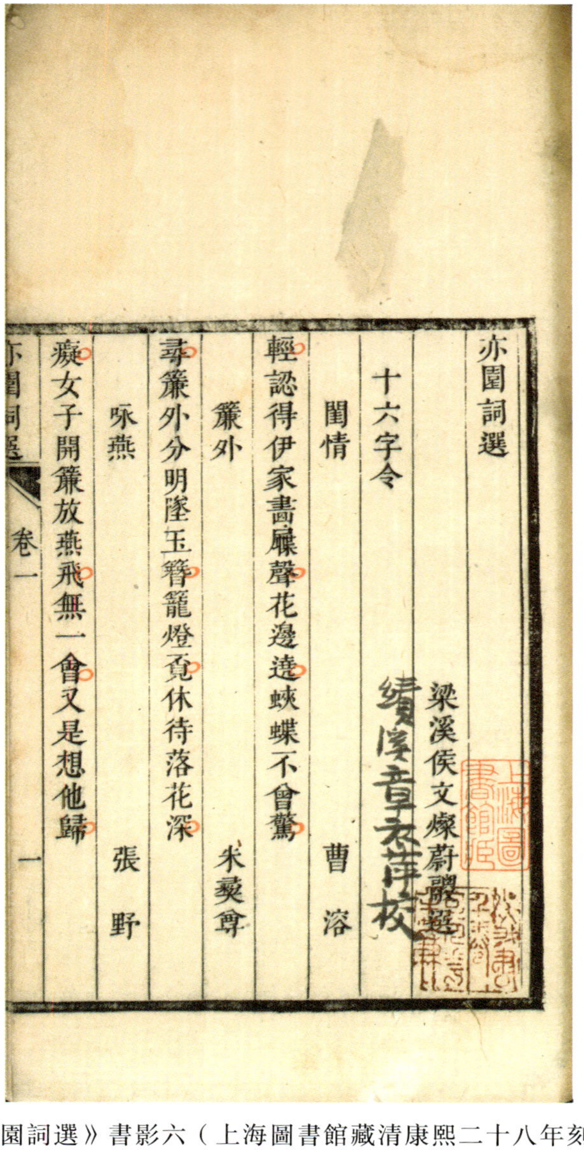

亦園詞選

梁溪侯文燦蔚選

績溪章衣萍校

十六字令

閨情　曹溶

輕認得伊家畫屧聲花邊遶蛺蝶不曾驚

簾外　朱彝尊

尋簾外分明墜玉簪籠燈覓休待落花深

咏燕　張野

癡女子開簾放燕飛無一會又是想他歸

亦園詞選　卷一　一

《亦園詞選》書影六（上海圖書館藏清康熙二十八年刻本）

總序

「選本」是中華優秀文學傳統的一個重要組成部分，其源頭可以追溯到先秦時代的《詩經》，其後歷代不衰，舉凡詩、詞、文、賦、小説、戲曲，「選本」在各種文體的觀念形成、範式建構、統序傳承、經典確認等各個方面都發揮着重要的功能，可謂貫穿於中國文學史建構的始終。從這個意義上説，我們今天面對的「文學史」某種程度上就是歷代人們以各種各樣的方式「選」出來的。因此，文學之選本乃是文學史運行的一種重要載體，是文學史的一種隱形書寫方式。千年詞史，亦不例外，詞籍選本整理和研究的根本意義即在於此。

一

作爲文學作品之詞籍，大致可分爲專集、全集、選集三大類。專集，通常指某一詞人的全部詞作或數家詞人詞作的彙總；全集，今天通常指將某個時代的全部詞作蒐集成帙；選集，則多指編選者按照一定的觀念來將部分詞人詞作彙録成册。然而古人常將詞總集與詞選這兩個外延並不相同的概念混爲一談，因而詞譜、叢刻、合刻也會被視爲詞選。爲此，肖鵬先生在

《群體的選擇：唐宋人詞選與詞人群通論》中對「詞選」做出了界定：「必須同時具備兩個基本要素：部分作品，部分詞人。也就是說，詞選必須既選人，又選詞。」這樣的詞選纔具有「删汰繁蕪，使莠稗咸除，菁華畢出」的批評功能（《四庫全書總目·總集類序》）。

詞籍選本的具體形態和批評功能有一個歷史的發展過程。今存最早的詞選，爲唐代民間文人（佚名）所編《雲謠集雜曲子》，上層文士選詞則始於五代後蜀趙崇祚所編《花間集》。兩宋時期，詞體創作興盛，詞選亦盛，明人毛晉《草堂詩餘跋》曰「宋元間詞林選本，幾屈百指」，只可惜亡佚甚多，目前傳世宋人所輯詞選僅不到十種。從所選對象來看，兩宋詞選可分爲三種情形：一是宋人所編唐五代詞的選本，如《尊前集》《金奩集》等；二是以宋詞爲主，又間及唐五代與金源詞人作品的選本，如《梅苑》《唐宋諸賢絶妙詞選》《中興以來絶妙詞選》等；三是全爲宋人詞作的選本，如《樂府雅詞》《絶妙好詞》等。

元明詞壇相對蕭條，今存所編詞選約五十餘種。根據所選詞人的時代歸屬，元明時期的詞選大致可分爲兩種類型：一爲元明時期編選而成的當時詞人作品的詞選，如元初的《樂府補題》、明代的《幽蘭草》等；二爲元明時期編刊的唐宋或唐宋至元明的詞選，如陳耀文輯唐宋詞而成的《花草粹編》、潘游龍選録唐宋金元明詞一千三百多首編成《古今詩餘醉》。而唐五代時期的《尊前集》《花間集》等詞選的翻刻本，亦應歸入第二類。其實明代中後期的詞選數量並不少，但佳製不多，主要以《草堂詩餘》爲改編對象，所以還是給人以凋敝荒蕪之感。

清代詞壇，史稱中興，選詞之事鼎盛，較之前代，清人所擁有的詞史積累更爲豐富，基於詞學的選家意識也非常突出。就現存詞選來看，清代約有將近兩百種，超過了前代的詞選數量總和；從質量來看，清代詞選也是超邁前代。首先，選家們在操選政時態度認真，追求精當。陳廷焯嘗言：「作詞難，選詞尤難。以我之才思，發我之性情，猶易也；以我之性情，通古人之性情，則非易矣。」（《白雨齋詞話》卷八）所謂「以我之性情，通古人之性情」，就是要將選家的審美標準與古人的精神氣度以及詞史的真實風貌有機融合。這並非易事。而如此認真的態度和高遠的追求，也正是清代詞選得以超越前代的重要基礎。其次，清代詞選選源廣泛，文獻豐富。汪森《詞綜序》有云：「計覽觀宋元詞集一百七十家，傳記、小說、地志共三百餘家，歷歲八稔，然後成書。」這種對詞籍文獻的大力搜討，是前代詞選所無法比擬的。再次，清代詞選選型多樣，内涵豐富。有清一代，除了傳統的斷代詞選、通代詞選、專題詞選外，還出現了大量的地域詞選，如戈元穎等人所輯《柳洲詞選》、侯晰所編《梁溪詞選》等，以及女性詞選，如周銘所輯《林下詞選》、歸淑芬等所編《古今名媛百花詩餘》等。這對於研究地域文化的構成與女性文學的發展，具有非常重要的意義。至於清代詞選的批評功能，下面再作介紹。基於這些特點，清代詞選在古代「選詞學」中最具理論意義和文獻價值，這也是我們要整理出版《清代詞籍選本珍稀版本彙刊》的重要原因。

民國是千年詞史的轉型期，所纂詞選在編選方式、編選體例、編選思想等方面，皆具現代意義，對現當代詞學的建構具有重要價值。陳水雲曾在《中國詞學的現代轉型》中總結：「到了清末民初，詞選的編纂出現了四種動向：第一種是以詞選來傳達觀念，爲詞壇引領新的審美風尚，如朱祖謀《宋詞三百首》；第二種是以選詞作爲自娱的工具，也表達編選者的審美觀念，如陳曾壽《舊月簃詞選》、劉瑞潞《唐五代詞鈔小箋》、俞陛雲《唐五代兩宋詞選釋》等；第三種是在出版部門的邀約下，爲普及詞史或詞的常識而編選的詞選，如胡適《詞選》、胡雲翼《唐宋詞選》、龍榆生《唐五代宋詞選》等；第四種是爲着教學的目的而編選的詞選，如吴梅《詞選》、孫人和《唐宋詞選》、龍榆生《唐宋名家詞選》等。」其中第三、第四類是民國時期新出現的選型。當時爲了普及詞文學，出版部門以中學生和稍有文化的讀者群體爲對象，編選了不少唐宋詞選。像龍榆生的《唐五代宋詞選》就是王雲五主編的《中學國文補充讀本》中的一種；而胡雲翼主編的《詞學小叢書》，其中像《宋名家詞選》《女性詞選》等也都是普及性的唐宋詞選本。出版部門邀約名家編選詞選，一則可以起到普及之效果，一則可以達到盈利之目的。爲教學而編的詞選則帶有「講義」性質，像吴梅的《詩餘選》是他在北京大學講授詞學時的講義，重在賞析作品與展示門徑；《詞選》則是他在東南大學授課時的講義，較之前者，《詞選》更具系統性。後來陳匪石的《宋詞舉》、汪東的《唐宋詞選》都帶有解説，和現在使用的「作品選」已相差無幾。

二

論及詞選之功能，龍榆生先生曾歸爲「便歌、傳人、開宗、尊體」四端（《選詞標準論》）。就集大成的清代詞選而言，「便歌」已不存在；「傳人」即「傳詞」，有賴文獻之保存；「開宗」與「尊體」都是發布理論之目的；此外，清代詞選多被用來作爲學詞之範本。故而我們可以從保存文獻、發布理論、詞法示範這幾個方面來看清代詞選之功能。

先看保存文獻，以編選《詞綜》爲例。朱彝尊爲編《詞綜》而廣開選源，搜佚鈎沉，「白門則借之周上舍雪客、黄徵士俞邰，京師則借之宋員外牧仲、成進士容若，吴下則借之徐太史健庵，里門則借之曹侍郎秋岳，餘則汪子晉賢購諸吴興藏書家」（《詞綜發凡》），汪森在此基礎上又有添補，共覽宋元詞集一百七十家，傳記、小説、地方志三百餘種。在此過程中，像《山中白雲詞》這樣在明代湮没不顯或僅靠抄本一綫殘存的宋人詞集得以發掘整理。雖然詞選必須以諸多詞集爲文獻支撑，但很多詞集也因編纂詞選而被發現並得到保存，這何嘗不是一種歷史的互惠？朱彝尊還在《詞綜發凡》中敍述版本、校勘字句、羅列可見書目與待訪書目。總之，《詞綜》以採摭之富、鑒别之精，爲宋詞文獻的發掘與整理奠定了良好的基礎。後來《國朝詞綜》《國朝詞綜續編》《國朝詞綜補》《詞綜補遺》等詞選都繼承了《詞綜》保存文獻之功能，收録保存了萬餘首清詞作品，在存人存詞方面厥功至偉。

再看發布理論。因爲讀者衆多，所以選本在發布理論方面具有獨特的優勢，誠如魯迅先生所云，「凡選本，往往能比所選各家的全集或選家自己的文集更流行，更有作用」，操選政者常常會將選本作爲「賴以發表和流布自己的主張的手段」（《集外集·選本》）。清代選家便是如此，像《國朝詞雅》《晴雪雅詞》直接以「雅」爲名，《自怡軒詞選》表示所選「以雅潔高妙爲主」（許寶善《自怡軒詞選序》），都有明確的理論主張。再如張惠言，他在《詞選序》中直言「意内而言外謂之詞」，又云「緣情造端，興於微言，以相感動，極命風謡里巷，男女哀樂，以道賢人君子幽約怨悱不能自言之情，低徊要眇以喻其致」，較爲系統地提出了「意内言外」的詞學主張和「低徊要眇」的審美標準。在挑選詞人作品時，他又以「比興寄托」爲標準，甄選了唐五代、兩宋四十四家詞人的一百十六首詞。這種鮮明的理論色彩成爲《詞選》的一大特徵。施蟄存先生指出：「自《花間集》以來，詞之選本多矣，然未有以思想内容爲選録標準，更未有以比興之有無爲取捨者，此張氏《詞選》之所以爲獨異也。」（《歷代詞選集敍録（六）》）「未有以思想内容爲選取標準」云云，其實是説未有以如此鮮明的詞學主張爲標準者。張惠言的苦心得到了讀者們的認同，謝章鋌所言「（張惠言）用意可謂卓絶，故多録有寄托之作，而一切誇靡淫猥者不與。學者知此，自不敢輕言詞矣」（《賭棋山莊詞話紀餘》），便是對《詞選》「寄托」理論的正面回應。

再看詞法示範。源流探本，逆溯而上，是古人指示創作門徑時常用的方法，清人編選詞選時也體現出這樣的思路。像周濟編《宋四家詞選》時將周邦彦、辛棄疾、吴文英、王沂孫列爲領袖一代的四大詞人，不僅出於顛覆浙西詞派推尊姜、張之目的，同時也是爲後學指示「問途碧山，歷夢窗、稼軒，以還清真之渾化」（《宋四家詞選目録序論》）的學詞門徑。學詞的次序與詞選的順序剛好相反，體現出的正是逆溯而上的學詞之法。這種學詞法的依據在於「南宋有門徑，有門徑故似深而轉淺；北宋無門徑，無門徑故似易而實難」（《宋四家詞選目録序論》），所以周濟以有門徑的南宋詞來入門，以無門徑的北宋周邦彦詞爲最終目標。清末蔣兆蘭説《宋四家詞選》「議論透闢，步驟井然，洵乎闇室之明燈，迷津之寶筏也」（《詞説》），是對周濟在指示詞法上的高度認可。再如張柯指出《晴雪雅詞》「評隲精當，選擇簡嚴」，實爲「初學津逮」（《晴雪雅詞序》），也是標舉詞選在示範詞法方面的功能。

選本的這些功能在清代詞學發展過程中發揮了極其重要的作用。像對詞籍文獻的發掘和對作品的選録，不僅使大量詞作得到保存與流傳，還在客觀上推進了宋詞乃至清詞的經典化進程。例如姜夔，若非朱彝尊重新發現了他的詞集並在《詞綜》裏加以最大限度的選録，又在《發凡》中將其奉爲南宋醇雅統序之「祖」，姜夔恐怕難以在清初登上經典的壇坫。而清人大量選録本朝詞人作品，有時還將自己的作品作爲典範加以收録，展現出清人對本朝創作的自信和一種自我經典化的願望。通過詞選來發布理論，更是直接推動了清代詞學的發展與詞派的建立。像朱彝尊和汪森在編选《詞綜》時，通過具體的選目與序跋、發凡來彰顯「醇雅」的詞學理論，直接引發了清初詞壇對明代詞學的反思與批判，推動了詞學理論的交鋒與更新。在此過程中，朱彝尊與沈皞日、龔翔麟、李符、李良年等浙人多有交流商討，衆人也都認同朱氏的理論主張，一個以浙人爲主體的詞派也就孳甲成型了。可見，《詞綜》的編選不僅實現了取代《草堂詩餘》的目的，而且推動了理論上的更新迭代，還在客觀上成爲建立浙西詞派的重要契機，謂之「立義標宗」，應不爲過。至於詞法示範，最直接的效果當然是有效推進了清詞的創作實踐。原本詞爲小道，鮮有門徑可言，清代詞選却多借詞選來樹立典範，開示門徑。清詞總量超過唐五代、宋、元、明詞總和的數倍以上，與詞選開示門徑大有關係。陳匪石曾言周濟《宋四家詞選》等書「指示作詞之法，並評論兩宋各家之得失，示人以入手之門及深造之道。清季王半塘爲一代宗匠，即有得於周氏之途徑者」（《聲執》卷下），可見詞選中的門徑對初學者來説有多麽重要。在開示門徑的同時，由於各家選本對最高典範的認定並不相同，也就會引發經典的重塑與統序的調整，而這正是詞學演進的具體表現。

三

據不完全統計，唐宋以來的詞選今存唐五代四種，宋代九種，金元六種，明代四十八種，清代一百九十多種，民國兩百餘種，總量達到四百六十多種。這些詞選能流傳至今，有賴自宋以來歷代的整理與刊刻。

詞籍選本的整理刊刻，宋人首啟其端，如《花間集》有北宋刊本、南宋晁謙之刻本、南宋鄂州公使庫本等。宋人編纂的詞選，今存者如黄大輿《梅苑》、曾慥《樂府雅詞》、何士信《草堂詩餘》、黄昇《花庵詞選》、趙聞禮《陽春白雪》等，都是靠宋以後的歷代刊刻而得到流傳。而鮦陽居士的《復雅歌詞》、吕鵬的《遏雲集》、楊冠卿的《群公詞選》、王柏的《雅歌》、南宋書坊選刊的《群公詩餘》等十餘種，皆已失傳，原因固不止一端，而後世未能重新整理刊刻則是最直接的原因。明清時期對傳世舊本詞籍的整理與刊刻蔚爲大觀，涉及詞選者如：吴訥輯《唐宋名賢百家詞》收選本三種；毛晉汲古閣藏詞籍選本多種，收入《詞苑英華》六種；《四庫全書》收二十種，其中存目九種。在對詞選的整理刊刻中，諸家做了大量的採輯、校勘和補遺，如毛晉父子遍訪珍秘，廣爲採輯，校其訛漏，拾遺補闕。另外，鮑廷博校勘的《樂府雅詞》三卷《拾遺》二卷、《陽春白雪》八卷《外集》一卷（與戈載合校），黄丕烈校勘的宋趙聞禮《陽春白雪》八卷《外集》一卷、金元好問《中州樂府》一卷等，皆稱精善，爲詞籍選本的校勘積累了經驗，使詞籍選本校勘漸成一門專學。

此次《清代詞籍選本珍稀版本彙刊》便是繼承前人的校勘經驗，延續對詞選的整理與出版傳統，以達到保存文獻、推進研究之目的。所謂「珍稀版本」，主要是考慮所選詞選的版本價值與詞學價值：一是清代詞籍選本中的稿本、抄本、孤本；二是清代詞籍選本中的名家評點本、批點本；三是具有重要特色、重要影響的清代詞籍選本。清代詞籍選本大多未經今人整理，有些雖然已有整理本，但出於系統性的考慮，也酌量收入。

總之，清代詞選體現了清人的詞學觀念，成爲清代詞學理論的重要載體，對文獻保存、理論發展、詞風嬗變起到了至關重要的作用。此次「彙刊」之目的，就是要通過校勘整理，將清代詞籍選本中的「珍稀本」變成廣大學人和詞學愛好者的「普見本」，以文本完備、校勘精審的文獻工作來爲清代詞史與詞學史的研究提供助力。當然，限於見聞，舛誤難免，期待廣大讀者的批評指正。

二〇二四年夏

編　者

整理凡例

一、力求展現詞選的原書面貌，對原書之編排體例、前後順序、分卷情況以及編選者與參校者、校訂者的字號、籍貫、相互關係等内容，一仍其舊，盡量不作變動。原書之序跋、題辭、評點均予保留，圈點則一般不録。

二、如果某種詞選有兩種以上版本存世，先選定底本，擇善而從，再以他本參校，但不與別集互校；若遇明顯錯誤或缺字，又無他本可校時，用別集校訂。出校原則爲：底本有誤，校本不誤，須改動底本原文者，出校語説明；底本不誤，校本有誤者，不出校；如果底本、校本兩通，而文字差異較大者，不改底本原文，只出校語説明差異；避諱字徑改爲原字，不出校。

三、關於詞調、詞題與詞序，統一爲先詞調，後詞題、詞序。如果原書詞調有誤，不改動，在校語中説明；如果詞調原失，作「失調名」，再出校語説明應作某調。

四、原書如果選入《竹枝》《柳枝》等七言歌詩或《一半兒》等散曲作品，皆予保留。

五、參照《欽定詞譜》與《詞律》進行斷句，但不拘泥於律譜，尤其是清初詞選，可斟酌句意與韻律來斷句。句意、格律皆通者，從格律；句意通而格律不合者，從句意。

六、底本殘缺無法辨識處，用空圍號「□」標注。

七、每一種詞選前面都有「整理前言」，概述編選者的字號里居、仕履交遊、詞學觀念、創作成就與主要著作，以及詞選的版本情況、編選目的、選録標準、編排體例與詞壇反響，力求反映出該詞選的基本面貌與主要特色。

目録

卷二

卷　三

卷四

卷五

卷六

卷七

卷　八集句

整理前言

清初詞學以環太湖流域最爲興盛，梁溪即爲淵藪之一。梁溪詞人以地域性與家族性爲主要特徵，顧、侯、華等著姓望族，詞人輩出，成爲清初梁溪詞人群體的主要構成；其中，侯晰、侯文燦等侯氏詞人以對詞集文獻的整理刊刻而流芳詞史。像侯晰編纂《梁溪詞選》，侯文燦選定《亦園詞選》，並刊刻《十名家詞集》，還與萬樹合作纂修《詞律》。侯氏詞人的文獻意識，尤其是對鄉邦文獻的重視，在清初詞人群體中首屈一指。

侯氏一族於宋元之際隨侯德宗遷到無錫。據《錫山侯氏宗譜》載，侯德宗來到無錫，卜居城東，「聚骨肉於斯」，侯氏一族在此瓜瓞繁衍。《亦園詞選》的編選者侯文燦便是侯德宗的第十二世孫。

侯文燦（一六四七—一七一一），字蔚畯，一字爲光，號亦園。據其同邑陸楣代人所撰《亦園居士傳》（《鐵莊文集》卷五），可知文燦爲人「放形類狂，徑情類狷」，壯年時曾知浙江海鹽及山西稷山兩縣。而文燦自言「濫竽鹽官，簿書厭苦」（《亦園詞選自敘》），釋宏倫言其「自鹽官歸」（《亦園詞選序》），當是指在海鹽的爲官經歷，所謂「鹽官」，並非泛指管理鹽務之官。康熙二十五年（一六八六）解組歸里後，觴詠於亦園，輯《侯氏家乘》，刻王士禛《漁洋山人詩合集》與王次回《疑雨集》，又編刻《亦園詞選》與《十名家詞集》。文燦編纂詞集，早期受到陽羡萬樹的影響，《亦園詞選自敍》有云：「予自甲寅奉侍先大夫，與荆溪萬子紅友日坐亦園，始共事《詞律》。」《詞律》付梓後，萬樹還特意給文燦寄來一部。後來萬樹去世，文燦又受陽羡詞僧宏倫相助，最終完成了《亦園詞選》與《十名家詞集》的編選工作。

《亦園詞選》八卷，以調編次，但並不區分小令、中調、長調，而是按照詞調字數多少來排列次序：從卷一至卷七，始於《十六字令》，終於《鶯啼序》，卷八是各家集句詞彙選。全書共選詞人二百八十家，詞調三百五十三個，詞作九百二十餘首。所選詞人，除范汭、王彦泓、沈宜修等少數晚明詞人外，其餘皆爲清初詞人。從地域來看，梁溪、雲間、陽羡、毘陵、柳洲、西泠、嘉興等環太湖區域詞人占多數，直隸、安徽、福建、山西、河南以及江蘇揚州、如皋等地也有詞人入選，文燦顯然有存史之心。從群體來看，文燦非常注重對家族詞人群體的選録，其中又以梁溪顧氏、侯氏、華氏爲最——選録顧姓詞人十一位、侯姓詞人十位、華姓詞人七位。以侯姓詞人爲例，十人中除侯旭不是無錫人外，其餘侯杲、侯晰、侯文燿、侯文熺、侯承垕、侯承基等人均爲梁溪侯氏宗親。從性别來看，所選二百八十位詞人中有閨秀詞人四十四位，另有女僧二名、女伎一名，總計有女性詞人四十七位，約占詞人總數的百分之十七。除去專門選録女性詞人作品的選本以外，《亦園詞選》收録女詞人的比率在清初各家綜合性詞選中當是名列前茅。

關於《亦園詞選》的選詞標準，侯文燦的表弟黄蛟起在《亦園詞選序》中有云：「大概情致綺靡，楊柳曉風之什；藻思香豔，新橙纖手之篇。」這種看法比較貼近事實，侯文燦就是想以情致綺靡、藻思香豔之詞來倡導《花間》《草堂》之風。這在對陳維崧詞的選擇上表現得非常明顯。陳維崧在清初詞壇以崇尚蘇辛、詞風沉雄著稱，然而《亦園詞選》所選陳氏三十二首詞中，只有《蕃女怨・五更愁》與《念奴嬌・木蘭廟》這兩闋稱得上是沉雄跌宕，其餘一概可歸入柔曼輕倩之類。（參見閔豐《清初清詞選本考論》，上海古籍出版社二〇〇八年版）通過這種選擇，《亦園詞選》隱藏了陳維崧的主導風格，塑造了一個充滿「花草」氣息的陳維崧形象，這是選家在借詞人風采來重塑自家面貌。因此説，《亦園詞選》帶有「以選成派」或「以選爲論」的意味，這在清初諸多詞選中並不多見。

《亦園詞選》的版本比較單一，以康熙二十八年（一六八九）所刻八卷本爲主。如上海圖書館所藏八卷本，半頁九行，行二十一字，小字雙行，左右雙邊，花口，單黑魚尾，版心上端象鼻鐫「亦園詞選」，魚尾以下刻卷次、頁碼。南京圖書館藏有所謂康熙四卷本，其實是八卷本的殘存。日本國立公文書館所藏《亦園詞選》亦是康熙二十八年的八卷本，扉頁中間印「亦園詞選」，右上題「梁溪侯蔚翾手編」，左下題「于野堂藏板」，頂部題「康熙己巳新鐫」，右下方還有一則朱文「廣告」：「詞選既竣，詩選即出。皆係藏本，未經徵集，遺漏實多。諸方名作，懇祈郵寄無錫東里侯氏亦園，以俟續選。于野堂主人附白。」

此次整理，以康熙二十八年所刻八卷本《亦園詞選》爲底本，原則上不與别集互校。但像「劇憐」誤刻爲「劇隣」這樣的錯誤，則據别集予以訂正；「范汭」誤作「范納」，「黄京」誤作「黄點」等訛誤，則據《明詞綜》《倚聲初集》等書改正，並都出校記説明。關於斷句，總體上參照《欽定詞譜》與《詞律》來點斷；考慮到清初填詞的特殊性，有些詞作是斟酌句意與韻律來進行斷句。

二〇一九年冬，筆者應邀赴臺灣講詞，課後與梁雅英女史交流，獲覽日本國立公文書館所藏八卷本《亦園詞選》的複製件。二〇二一年冬，沙先一師兄正式啟動《清代詞籍選本珍稀版本彙刊》出版工程，《亦園詞選》與《梁溪詞選》順利入選。編輯李亭、劉丹、李晨遠，熟稔清詞，不憚劬勤，爲《彙刊》的出版付出了大量心血。在此謹向各位有緣人致以真摯的謝意。

壬寅夏，曹明升於梁溪蓮蓉園

自敍

侯文燦

予自甲寅奉侍先大夫，與荆溪萬子紅友日坐亦園，始共事《詞律》。適紅友爲吴大司馬留村夫子招往粤中，其事中輟。後余亦濫竽鹽官，簿書厭苦，輒思與騷人逸士，留連風月，按拍徵歌，恨不可得。而紅友忽於數千里外郵寄一編，云昔余兩人所訂《詞律》，今已付梓人矣。予每一展卷，未嘗不徘徊諷詠，三復而不能已也。至丙寅，予以解組賦歸與，於亦園中復搆小室，蓺花芟草之外，每遇風晨月夕，把茗焚香，間取昭代諸名家詞，丹黄甲乙，不覺選詞之技復癢。昔晏同叔云「生平不欲作婦人語」，予謂委婉之弊入於婦人，與豪邁之弊流爲村漢等耳。但期銀箏柔響，用傳小伎之喉；鐵板雄歌，幸免伶人之誚而已。嗟乎！余豈知詞者，余昔與紅友同學久，因得於審音顧曲，稍涉藩籬。今予選詞將竣，嗜痂之癖，猶然故我，而紅友竟以仲宣登樓，賫志以没，不獲如當年與余草堂燈火，斗酒詩篇，歌呼相應，此又余之不幸也已。幸而荆溪僧敍彛素工詞，與余卒而成之，是又得一紅友，爲足喜也。遂爲之序。時皇清康熙二十有八年歲在己巳春二月，亦園侯文燦題於于野草堂。

序

張鳳池

尼父删詩，猶存濮上；姬公陳樂，不廢房中。故靚玉映於臺前，徐陵吐豔；而拂香飛於奩畔，韓偓吟嬌。侯子蔚礮，品擬柴桑，才呈蘭畹。關情偶觸半編，寄興遂裒全集。緗封紅臘，借掃眉之管以分題；粉印青鏤，藉擘指之箋而彙輯。已足鶯花共賞，寧徒冰雪自怡耶？己巳閏三月，圯石張鳳池書。

序

黄蛟起

侯子蔚畯自歸田後，日以詩酒自娱。所居亦園中，禽魚泉石之勝，琴書之樂，有三徑風焉。近復採長短句，彙成一集。大概情致綺靡，楊柳曉風之什；藻思香豔，新橙纖手之篇。設當畫簾斜控，銀燭初紅，遣妙麗雙鬟，香檀按拍，緩歌一曲以侑酒。毋亦令桃花扇底，逸思紛飛，紅杏枝頭，柔情欲斷者乎？愚表弟黄蛟起題於玉峰舟次。

序

僧宏倫

蔚礮先生，梁溪佳公子也，年少雋才，寄情聲酒。自鹽官歸，退居亦園，深悟世緣鏡影，仕宦空華。怡情花竹，寓意篇章。偶得近今長短句，命童子摘録，多至千闋，大約如廣平《梅花》、靖節《閒情》，原不掩其高標逸韻、鐵心石腸者。友人見之，請付剞氏，更命余任較閲之役。余學道人，愧不及秀鐵面之訶涪翁，乃爲之朱詮墨訂，得毋爲明眼人所竊笑。雖然，遊戲三昧，不礙真如，彼既舌作蓮香，余亦何惜齒因梅軟。采山僧宏倫題。

亦園詞選　總目

亦園詞選 卷一

梁溪侯文燦蔚巖選　晉陵瞿大發東雷較

十六字令　閨情　曹溶

輕。認得伊家畫屧聲。花邊繞，蛺蝶不曾驚。

十六字令　簾外　朱彝尊

尋。簾外分明墜玉簪。籠燈覓，休待落花深。

十六字令　詠燕　張野

癡。女子開簾放燕飛。無一會，又是想他歸。

十六字令　簷馬

僧宏倫

風。颭得殘陽抹赭紅。簷前馬，一夜打叮咚。

閒中好　本意

史惟圓

青團扇，風動砑羅衣。莫打花蝴蝶，由他各處飛。

其二

垂楊岸，貪看鷺鷥飛。忘却迴船去，絲絲雨濕衣。

閒中好　本意

史鑑宗

簾幃靜，好鳥動金鈎。生怕驚他去，偷看不轉頭。

其二

香階永，花落襲人衣。不忍輕吹下，待他還自飛。

閒中好　本意

曹亮武

雙飛蝶，栩栩欲尋春。閒趁花陰撲，描他作繡裙。

明月斜　五更

陳玉璂

三更風，四更雨。聽到五更眠不成，黄鸝早向棠梨語。

明月斜　夜泊

僧宏倫

寒山鐘，寒山寺。月瞰篷窗惱客眠，模糊人語楓橋路。

二十字令　無題　毛先舒

年歲淺，深深學畫眉。瞥然手把綠楊枝。弄游絲。真癡。

二十字令　雪意　華　侗

風弄雪，輕輕作態多。老梅幹上鳥停歌。奈春何。由他。

南歌子　無題　吴棠禎

剪起鴛鴦枕，傳來蛺蝶圖。催繡有隣姑。玉關書未去，没工夫。

南歌子　閨情　毛奇齡

高髴宜牆窄，長裙愛裥多。風起動江波。隔江風更急，奈裙何。

南歌子 無題

朱彝尊

忍淚潛窺鏡，催歸懶下階。臨去不勝懷。爲郎回一盼，强兜鞋。

南歌子 無題

周積賢

細織鴛鴦錦，新妝蝴蝶釵。還約沈郎來。小屏風影動，牡丹開。

南歌子 閨晚

沈豐垣

浴罷明肌雪，妝殘亸鬢鴉。嬌怯欲扶花。花枝扶不得，倚風斜。

三臺 無題

蔣平階

玉案淺浮朱李，銀瓶斜插紅蓮。不向天孫乞巧，只願郎常少年。

南歌子　閨夜　張淵懿

篆冷香魂去，花輕月影添。夜闌寒色滿重簷。剛是小鬟低語，下珠簾。

南歌子　別況　董元愷

淚落吹成絮，愁多亂似絲。偎人剛道莫相思。却是相思此夜，起頭時。

南歌子　無題　吴棠禎

樓上彈琴夜，門前打棗時。病中心事没人知。自啟水晶箱子，疊衫兒。

南歌子　春閨　周積賢

玉篆沉梟永，金鋪小鳳斜。杜娘無力繡春紗。閒倚緑萍池畔，數桃花。

南歌子　春夜　丁煒

蓮漏催蟾影，梨雲妬蠟明。銀箏低訴可憐情。不道翠幃風細，有人聽。

南歌子　秋宵　侯晰

花密金鋪暗，香殘玉漏清。小亭簷馬夜琮琤。喚起個人、階下看雙星。

摘得新　閨思　董元愷

燭滅時。思郎淚暗垂。相思誰與共，月明知。月明照出相思字，是郎詩。

摘得新　春恨　史惟圓

繞花枝。鶯兒和燕兒。園林春晝永，故飛遲。訴盡春愁千萬語，有誰知。

摘得新　慵起

毛奇齡

河没時。霜繁月已低。錯驚銀榻曙，起來遲。扶上鬟梢隨意綰，亂絲絲。

前調　欲睡

欲上牀。卸頭留半妝。殘膏銜獸頸，罷縫裳。晶環繞指先知冷，偎誰傍。

荷葉杯　閨情

王倩

相喚合歡花下。生怕。不好伴郎行。羅衣雙帶有金鈴。聽麼聽。聽麼聽。

荷葉杯　相逢曲

董以寧

若個粉郎嬌豔。當面。多事一凝眸。恰逢小妹乍回頭。羞麼羞。羞麼羞。

荷葉杯　有約

華韶

記得尊前一笑。心照。小閣已輕開。花梢礙月幾回猜。來麼來。來麼來。

花非花　古意

計南陽

同心花，合歡樹。四更風，五更雨。畫眉山上鷓鴣啼，畫眉山下郎君去。

花非花　夢戍

華宋時

淚花凝，燈花哄。袖花嫣，心花冗。無言芳草路分明，曉鶯啼破遼西夢。

漁歌子　春閨

陳玉堪

繡閣香濃花綴枝。畫簾春皺燕融泥。情慘澹，意迷離。欲罵東風誤向西。

漁歌子　本意

僧繡　鐵

菱角烏尖放水洪。語兒溪口採蓮蓬。荷葉雨，釣絲風。搯起青蒲一扇篷。

憶江南　無題

梁清標

情歡夜，偷眼認檀郎。錦瑟偎燈腸斷句，青絲墮馬内家妝。私語口脂香。

憶江南　暑月閒居

錢繼章

無箇事，倚檻掬流泉。麋緑几鋪銀薤簟，澄泥研寫碧苔箋。索箇解人憐。

憶江南　憶夢

徐爾鉉

憶夢時，香霧擁花枝。睡去好無春管束，覺來猶自暗遲疑。枕上貯相思。

憶江南　有贈　王士禛

江南好，春暮雨廉纖。魚子天晴初出水，鼠姑風細不鈎簾。底事惱江淹。

憶江南　臨鏡　李天馥

菱花瑩，影語盡凝眸。學我眉稜常帶恨，怪他心内獨無愁。欲歛又還休。

憶江南　本意　史惟圓

江南酒，缸面足春醲。岸上翠旗開市早，爐邊紅袖數錢工。今夜駐孤篷。

憶江南　春去　蔣景祁

春去也，春漏太分明。新雨落紅羞夜月，曉窗殘夢怕啼鶯。枕上一聲聲。

憶江南　惜别　　　吴　玥

儂去也，攜手再叮嚀。鸚鵡有心能記夢，鴛鴦輕死爲多情。留取佛前盟。

憶江南　歸思　　　毛奇齡

風景好，菰葉滿横塘。碧帶帩頭騎馬客，紅釘屐子攏船娘。兩兩見鴛鴦。

憶江南　閨詞　　　趙進美

殘睡醒，香夢滯衾窩。眉翠欲添腰倦倚，額黄初正手重呵。寒日半窗過。

憶江南　本意　　　許大就

江南憶，蠶柳兩眠時。第二泉烹新廟後，初三月挂杜鵑枝。景物最相思。

其二

江南憶，最是菊梅天。公子無腸登稼後，西施有乳試燈前。一醉老饕涎。

憶江南　閨情

閨秀秦清芬

人靜也，獨自怯凭闌。戲剥瓜仁排卍字，閒將瓆底印連環。無事上眉彎。

憶江南　寄妹

閨秀李長宜

家園好，花事説東皋。國色有人欺芍藥，鄉心昨夜寄櫻桃。鏡閣夢迢遥。

擣練子　夜景

張淵懿

香乍燼，漏將殘。疏影重重入畫闌。清夜夢回花氣冷，小樓月滿雁聲寒。

搗練子　春閨　黄京

煙縷縷，月溶溶。一樹桃花半欲紅。有夢不知郎去處，窗前獨問捲簾風。

搗練子　聽雨　黄鴻

風點點，雨絲絲。攪亂芭蕉和竹枝。隔箇窗兒聽不得，淒涼又是點燈時。

搗練子　無題　董以寧

金作勒，玉爲羈。小馬驚香何處嘶。紅板橋頭扉半掩，幾絲楊柳挂黄鸝。

搗練子　初夏　錢繼振

春睡足，落花平。草架荼蘼送晚晴。梅子弄黄茶剪翠，柳梢猶剩一聲鶯。

搗練子　秋閨

僧宏倫

銀蠟燼，玉繩低。城上烏啼月錯西。聞道玉關霜信早，未寒先寄木棉衣。

其二

蘭葉上，露華涼。鸚鵡金櫳訴曉窗。秋月光中思隴上，儂家姊妹雪衣娘。

其三

魚檻畔，繡芙蓉。莫繡黄花瘦似儂。小鳳雙輸金扼腕，水晶簾下鬭秋蟲。

其四

欄獨凭，晚涼多。葱玉偷籠半臂羅。翠歛眉峰愁暈重，夕陽天遠逗青螺。

搗練子　獨坐

閨秀　項蘭貞

新雁唳，葉紛飛。砧杵聲催露濕衣。獨坐空庭更漏永，一天明月散清輝。

赤棗子　無題

成　德

聽夜雨，護朝眠。端的嬌慵也自憐。寄語釀花風日好，緑窗來看上琴絃。

赤棗子　無題

張　振

春半也，日初長。水晶簾下倚紅妝。一寸横波留不住，教人容易斷回腸。

赤棗子　汾水道中

僧　繡　鐵

煙外雨，雨邊山。嫩澀鶯聲二月殘。青粉牆邊人獨立，茜紅衫映杏花寒。

桂殿秋　無題　陳維崧

春漠漠，雨疏疏。綺窗偷訪薛濤居。凝情低詠年時句，人在東風二月初。

桂殿秋　有憶　朱彝尊

思往事，渡江干。青蛾低映越山看。共眠一舸聽秋雨，小簟輕衾各自寒。

南鄉子　別意　朱彝尊

拜客庭陰。眼波容易逗人心。縱得相逢無一語。臨去。鬢滑落花黏不住。

小秦王　戲贈招官、越西兩女伶，時演《李衞公傳》　侯杲

招娘還讓越娘佳。荳蔻含香半吐花。羯鼓聲中銀燭爛，紫袍偏稱罩烏紗。

前調　自湓浦至馬當

櫂歌津鼓下潯陽。雪浪銀濤過馬當。却羡小姑無一事，自臨秋水照明妝。

小秦王　無題　吴　騏

私書密訂黄昏後，欲寄郎時轉自慚。記取獸環金屈戌，春暉堂北小池南。

小秦王　題紈　華宋時

素箋攜來研粉光。羡他能近玉肌香。浴裙睡履無人處，不捲珠簾伴夜涼。

小秦王　閨况，内嵌子鼠丑牛寅虎卯兔　華文炳

鼠姑香裏共離筵。牛女星前人未還。虎珀哀箏彈夜月，兔花常照一人閒。

其二

龍盤金斗熨秋衣。蛇腹紋琴冷玉徽。馬氏長卿何處渴，羊家靜婉不曾肥。

其三

猿叫西風客斷腸。雞頭菱角送秋涼。犬聲低吠梧桐影，豕鼎膨脝爇夜香。

小秦王　倩題　華紹曾

裹袖春紗拭淚頻。每常時見不曾嗔。昨來鸚鵡金籠下，怪殺鄰姑喚小名。

小秦王　舟前落花　閨秀王璐卿

青草河頭花正妍。綠莎汀畔水連天。輕舟載得春多少，無數輕紅畫槳邊。

小秦王　花梢月

閨秀 浦映緑

山杏枝頭月一彎。阿誰吹笛倚紅欄。重簾燕子棲無定，深院人家夜不寒。

楊柳枝　東粤

王士禎

珠娘十五嫁珠兒。住近珠江江水湄。江水有情還照妾，江花無計可留伊。

楊柳枝　春思

萬樹

三眠楊柳倦毵毵。蠶到三眠葉不貪。儂自春來剛欲睡，也如楊柳也如蠶。

其二

垂楊隨處繫郎驂。蛹化雙蛾也自甘。儂只棲棲孤影在，不如楊柳不如蠶。

其三

絮飛江北又江南。絲繭纏綿守一龕。儂鎖深閨幾曾出，不如楊柳只如蠶。

其四

楊花無子不宜男。蠶子纍纍滿竹奩。萱草笑儂空作佩，只如楊柳不如蠶。

楊柳枝 虎丘 顧樵

鶯語東風二月過。山中花少市中多。桑畦盡作裁花地，那得繅絲有綺羅。

竹枝 越州 蔣平階

西施山月照雙蛾。月下女兒尋黛螺。更脱弓鞋量石跡，與儂分寸不爭多。

竹枝　西湖

王倩

孤山腳下七香車。放鶴亭前處士家。郎若扶儂山上去，與郎親手折梅花。

其二

燒春美女好紅襠。滿面桃花撲玉缸。莫訝罏頭酒味薄，兒家生小住餘杭。

竹枝　蒼梧詞

閨秀徐媛

煙啼霧掃玉珊珊。寂寞蒼梧雲影寒。清淚未隨香骨盡，至今餘恨着琅玕。

竹枝　寄所歡

閨秀趙阿雲

磨耗神情向八篇。苦難拘束只愁牽。風流杖與鴛鴦棒，不杖貪花杖賭錢。

阿那曲　舟中待友

李明岳

幾家閒夜停機杼。支枕篷窗風許許。吹盡蘋香不見人，繞塘寒月鵁鶄語。

阿那曲　春晴

瞿大發

東風晴了紅窗雨。雙燕歸來相對語。户外煙光似麯塵，山香曲子桃花女。

南鄉子　廣州詞

毛奇齡

賽起祠叢。木綿花發野椒紅。記得丁郎山下路。敲銅鼓。九子紅羅扇遮舞。

南鄉子　城南

曹溶

草繡千隄。東南日出照相思。流水平橋寒似玉。桃花曲。兩兩春禽時對浴。

南鄉子　所見　毛遠公

綠鬢堆雲。茱萸繡領荔枝裙。雨後濃花如血色。纖手摘。畫屧高牆行不得。

字字雙　旅懷　丁煒

玉人一別年復年。明月西樓圓復圓。水雲鄉路千復千。海燕歸時憐復憐。

法駕導引　禮斗　陳維崧

銅芝蓋，銅芝蓋，縹緲結祥煙。碧柰花開忉利市，紫陽宫近夜摩天。一枕小遊仙。

法駕導引　遊仙　錢芳標

天鷄唱，天鷄唱，榆桂曉朧朧。寂寂瓊樓寒未啟，沈郎新贅翠微宫。鳳睡紫煙中。

南鄉子　賦豔

鄒祗謨

衣繡鳳，枕盤龍。妾身能自造春風。濕夢離披香雨鬧。燈前照。絳縷添絲和影笑。

南鄉子　早春

李天馥

風料峭，雨廉纖。最難排遣早春天。花落漸深鶯語澀。閒亭黑。侍女不來心膽怯。

江南春　春情

吴綺

情脈脈，恨依依。煙歸花影直，風到柳條知。紅閨春靜無人覺，鸚鵡籠香睡欲癡。

江南春　閨況

侯桂

衣繡鳳，扇輕羅。眉彎春恨重，弓趾落紅多。小鬟心下原無事，閒傍晶簾數指螺。

剪半　無題　　毛奇齡

光宅坊前十字街。桃子花開。杏子花開。鈿頭櫟子有人猜。恐是銅釵。不是金釵。

剪半　憶遠　　張鳳池

春頭望到海棠開。今日來耶。明日來耶。卜錢兩度落金釵。音信全乖。君意全乖。

憶王孫　送春　　丁澎

送春歸去杏花殘。妝鏡慵開半髴鬟。斜月朦朧罥玉闌。被兒單。只耐東風一夜寒。

憶王孫　春懷　　楊大鯤

半陰半雨近黃昏。柳暗長隄水繞村。簾捲梨花壓淚痕。掩重門。自爇香篝把被温。

憶王孫　詠雪

吴綺

昨宵凍合水晶宫。鸚鵡嫌寒駡玉籠。鴛錦衾窩曉起慵。小窗封。雪在山茶樹上紅。

憶王孫　春望

李天馥

妬春良夜愛春朝。花外紅樓捲絳綃。極目香塵舊板橋。路迢遥。不見歸鞍見柳條。

憶王孫　閨情

尤侗

一春心事付眉尖。小院無人風雨纖。落盡桃花倚繡奩。思淹淹。燕子歸家不捲簾。

憶王孫　春思

蔡燦

半池新柳緑參差。密雨輕寒花落時。一段無聊軟若絲。暗相思。若問旁人那得知。

憶王孫　草

葛一龍

東風吹後滿天涯。繫馬高樓春日斜。歸夢離披隔柳花。不如他。一路青青直到家。

憶王孫　本意

閨秀沈宜修

雲屏寂寂鎖殘春。錦瑟年華已半塵。芳草留香燕語新。繡苔茵。金鈿瓊簫總殢人。

蕃女怨　五更愁

陳維崧

榕亭一夜殘燈警。霜濃蟲省。五更風，十年事，無形無影。梅花窸窣慘人聽。半池冰。

蕃女怨　無聊

侯晰

濃陰釀雨催寒近。做重陽信。隔年人，心中事，有形無影。紅藏簾幕一燈孤。雁聲呼。

調笑令　無題

錢芳標

楊柳。楊柳。影蘸灞橋别酒。平明小雨霏微。那更離亭絮飛。飛絮。飛絮。人與春光俱去。

調笑令　無題

沈荄年

翡翠。翡翠。夜宿雕梁成對。更闌月上紗窗。青樓小女罷妝。妝罷。妝罷。眉黛不教重畫。

調笑令　秋聲

僧宏倫

黄葉。黄葉。聲亂鎖窗簷鐵。不眠底事思量。剔盡蘭膏夜長。長夜。長夜。月影穿簾去也。

如夢令　朝回

梁清標

翡翠輕寒拖逗。惱殺鷄聲偏驟。帶得御香歸，猶喜曉妝纔就。生受。生受。正是畫眉時候。

如夢令　雨窗　秦松齡

風雨只將秋做。瑟瑟紙窗吹破。小婢不知愁，頻展繡衾催卧。虚過。虚過。斜背銀釭獨坐。

如夢令　送春　楊大鯤

曉日和鶯催曙。捲起一簾風絮。無語暗低徊，悄立落花深處。絲雨。絲雨。又送一年春去。

如夢令　夢到舊居　閨秀王　微

月到閒庭如畫。修竹曲闌依舊。相對黯無言，忽道别來較瘦。拖逗。拖逗。風底落紅僝僽。

如夢令　秋宵　閨秀賀　潔

寶鳳斜飛慵整。一種閒愁誰省。紅壓小闌干，扶住一枝花影。花影。花影。淚眼怕看秋景。

甘州子　壚頭　吴棠禎

珠絡青驄美少年。紫陌上，墮珊鞭。十五吴姬學數錢。低首笑嫣然。將酒進、未敢近郎前。

甘州子　閨情　毛奇齡

銀床金井曉啼鴉。簾額上，襯紅霞。同心梔子夜開花。和露折來斜。無好意、送與謝娘家。

思帝鄉　尋釵　董以寧

移小步，覓遺簪。記得乍曾遊處，過花陰。半向無聊，還摸鬢邊尋。誰向月波中立、問他聲。

無夢令　飛花　朱彝尊

魚浪飄香千點。燕尾分煙一剪。已自出牆東，又被輕風吹轉。輕風吹轉。剛逗卷簾人面。

無夢令　柳花　僧宏倫

漂泊楊花一剪。界破簾絲一線。掠面不曾寒，怪殺東風綿軟。東風綿軟。怎地吹他回轉。

思帝鄉　幽期　張台柱

問歡期。含羞無一辭。擲箇彩牋方勝，與郎知。明夜酒闌人靜，月斜時。獨立花陰下、扣釵兒。

歸國謡　無題　錢芳標

歌緩緩。誰喚沈妍和薛滿。一雙丸髻吹鵝管。枇杷樹底紅羅盌。休辭懶。草裀翠勒春寒短。

歸國謡　無題　張天湜

更漏歇。一夜珠簾風自揭。寒鴉影碎梧桐月。玉關征戍音塵絶。當年别。江南鶯語花時節。

天仙子　無題　　李天馥

愁似游絲無住着。人如落瓣多輕薄。等閒一去不歸來，書空約。心難託。生生爲你成耽閣。

江城子　悔愁　　毛先舒

暮江煙外是高樓。捲簾鈎。望吴洲。遠水遥峰、相對兩悠悠。滄海月明都換淚，還説道，不曾愁。

江城子　秋夜　　沈豐垣

西風蕭瑟做殘秋。動簾鈎。冷颼颼。兩點眉兒、藏得許多愁。縱使儂如清夜月，能幾度，到妝樓。

望江怨　人悄悄

范　汭〔一〕

蘭房曉。絡緯繅絲聲未了。一霎愁多少。桐陰斜壓闌干小。人悄悄。羅幕手慵開，惟恐驚棲鳥。

【校】

〔一〕原作「范納」，據明崇禎刻本《古今詞統》改。《古今詞統·氏籍》：范汭，字東生，湖州人。

望江怨　看捉迷藏

華紹曾

鶯聲裏。一巷花陰春睡起。看捉迷藏戲。兒童抹額紅綃繫。湘屏底。摶皺墨紗裙，錯把鄰姑扯。

望江怨　秋晚

閨秀孫蕙媛

深閨悄。葉落梧桐秋欲老。覽鏡愁多少。闌干凭遍西風掃。情渺渺。試問菊花期，還是霜前好。

西溪子　別意

萬樹

不是彊君留却。只要問君歸約。到春深，寒食後。君來否。來則盡奴杯酒。猶恐酒全傾。話難憑。

西溪子　無題

侯文燿

量窄嗔郎捱醉。佯倒郎懷裝睡。强郎扶，羞郎怯。怕郎別。索茗喚郎消渴。夢醒尚偎郎。恁郎當。

西溪子　雨夜

女僧南詢子

香燼冷清清地。燈暗怯生生意。雨霖鈴，寒食夜。梨花謝。祗剩一分春也。多恐杜鵑聲。不堪聽。

前調　曉窗

破夢畫眉題月。霑露落花如雪。喚開籠，簧舌溜。鸜哥咒。説盡緑肥紅瘦。還道雪如翎。不如鶯。

定西番　春色　沈菼年

眉黛暗隨春色。新月小，柳芽輕。畫難成。　一夜枕香啼濕。愁多夢未醒。錯認黄鸝聲裹，喚卿卿。

相見歡　春閨　萬錦雯

新來燕子呢喃。睡難酣。又被鄰姑催起、着春衫。　嬌欲顫，行還倦，笑相攙。同上小樓閒倚、望歸帆。

相見歡　理繡

毛奇齡

倚床還繡芙蓉。對花叢。牽得絲絲柳線、翠煙籠。　愁思遠，拋金剪，唾殘絨。羞殺鴛鴦銜去、一絲紅。

相見歡　慵起

周稚廉

小鬟衫着輕羅。髮如螺。睡起釵偏髻倒、喚娘梳。　心上事，春前景，悶中過。打疊閒情別緒、教鸚哥。

前調　無題

黃鸝啄下紅櫻。曲欄晴。笑取泥金小扇、撲蜻蜓。　牽得住，推不去，是春情。多少柔腸推付、護花鈴。

長相思　風情　　單恂

花打欞。竹打欞。月溜重門鎖未曾。流蘇響一聲。　酒纔醒。夢初醒。索性和郎說到明。更兒閏不成。

長相思　採花　　丁澎

郎採花。妾採花。郎指階前姊妹花。道儂強似他。　紅薇花。白薇花。一樹開來兩樣花。勸郎莫似他。

長相思　無題　　施紹莘

晚妝時。晚酣時。這段風流知對誰。知誰又對伊。　惱心期。算心期。獨擁寒衾炙麝臍。燭花殘一枝。

河滿子　無題

金是瀛

憶在金窗玉户，如銀曉月西斜。城角數聲留不住，暗香攜得還家。梁上雙棲燕子，庭中一樹梨花。

河滿子　窗外

侯桂

怪煞西風昨夜，海棠揉褪殘紅。葉葉秋聲聽不得，碧紗窗外梧桐。獨自鈎簾看月，月邊一點孤鴻。

醉太平　春思

曹溶

春筵未逢。香箋轉工。羡他一院簾櫳。在桃花影中。　鴛衾曉空。屏山畫濃。有人閒倚牆東。代黄鶯唤儂。

醉太平　春遊

沈爾煻

鸞兒韻標。蟲兒淡描。滿頭花草妖嬈。似鮫人賣綃。　青絲障遥。烏絲句挑。瓊枝海上相邀。汎春風夜潮。

長命女　春閨

丁澎

春如海。衰桃斜映西窗外。弄影人無奈。　髻裊金蟲暗墜，衫鎖珠蕤未解。緑遍宜男愁不採。蝶繞湘裙帶。

長命女　曉窗

李天馥

簾未啟。百合流蘇春睡美。玉導紅蕤委。　聽徹銀虬慢矢，炮盡金猊沉水。怕暖嗔寒慵不起。嫌殺持衣婢。

昭君怨　閨思

李葵生

春草秋來重碧。郎去不知消息。昨夜見燈花。想歸家。曉鏡緑勻纔罷。等箇人兒描畫。門外馬嘶聲。捲簾聽。

昭君怨　春宵聽雨

僧繡鐵

鐘把黃昏催早。杜宇數聲啼了。書卷總無心。枕孤琴。最是惱人春夜。蠟淚金盤紅灺。花落草堂深。雨涔涔。

蝴蝶兒　本意

董元愷

蝴蝶兒。繡窗時。怪他輕薄上郎衣。停針試覷伊。且把羅巾撲，休教捉對飛。褪殘香粉畫臙脂。依然雙翅垂。

蝴蝶兒　無題　吴棠禎

錦樓東。又西風。燕飛井上啄殘紅。金卮誰與同。　酒病驚春瘦，花愁入鬢濃。羅衣耐得五更鐘。繡床明月空。

醉公子　本意　尤侗

何處貪盃酒。愁殺閨中婦。尚喜晚還家。剛留一盞茶。　扶得和衣睡。冷却鴛鴦被。不敢駡檀郎。喃喃咒杜康。

醉公子　豔情　陳維崧

小姑牽妹臂。笑奪鴛鴦墜。嬌面向姑斜。黛痕添酒花。　碧紗郎掐損。偷覷深閨怎。有意近春膚。自憐非小姑。

醉公子　挑碁

董以寧

小姑襝衽拜。嫂嫂妝臺下。乞早整蓮衣。花間去賭碁。杏釵多戴个。停會來輸我。若倩小哥幫。輸時拔一雙。

前題　賦豔

儂心何事惱。姐姐欺儂小。偷看合歡書。憎儂問起居。好從花下避。怕見書中字。匿笑不回頭。回頭替姐羞。

醉公子　索鏡

汪懋麟

郎愛看儂面。只有盤龍見。拂拭小窗前。清輝夜夜圓。兩心常共對。不許私相背。若漫起疑猜。還郎玉鏡臺。

生查子　旅夜　彭孫遹

薄醉不成眠，轉覺春寒重。枕席有誰同，夜夜和愁共。夢好恰如真，事往翻疑夢。起立悄無言，殘月生西弄。

生查子　豔情　周積賢

長安市上兒，白面如春雪。一賣繡鴛鴦，一賣花蝴蝶。十二小胡姬，漫學同心結。回眼入瓊房，獨拜中秋月。

生查子　繡罷　朱彝尊

刺繡在深閨，總是愁滋味。方便借人看，不把簾垂地。弱綫手頻挑，碧緑青紅異。若遣繡鴛鴦，但繡鴛鴦睡。

生查子　寒宵

閨秀王　微

雁過紙窗寒，月到空階冷。病已不堪愁，夢去人初醒。　猶憶少年時，寄跡如萍梗。一幅落梅中，相攜問花影。

太平時　燕語

萬　樹

社燕飛歸玉剪平。坐簾旌。身材恁小語輕清。最多情。　生怕春光容易去，太丁嚀。喃喃説盡要人聽。有誰膺。

洛妃怨　憶在

周　綸

曾向那時深院。相見又還不見。欲待晚來風。送行踪。　風起浪花如雪。吹皺一江新月。莫恨水東流。水無愁。

亦園詞選　卷二

梁溪侯文燦蔚霞選　釆山僧宏倫叙彝較

女冠子　本意

王晫

雲房一夢。繡蓋朱旛飄動。又鐘聲。月下開參斗，花前學誦經。天香盈綵袖，風景繪幽屏。欲却塵緣事，奈多情。

女冠子　本意

姜世

香殘玉漏。仙侣蛾眉宣咒。鼓殷殷。紅粉泥金籙，青詞耀綵雲。胡麻曾辟穀，鶴氅冷湘裙。空入桃源洞，可憐人。

其二

醮壇清磬。年少幽閒情性。夜迢迢。玉麈揮纖手，蒲團坐柳腰。　孤鸞長自許，雙鶴向誰招。露濕銀河淡，鎮無聊。

點絳唇　無題　丁澎

未是春來，枕屏不耐梅花瘦。早妝纔就。日影移鴛甃。　眉際螺芬，臉際檀霞透。開雙袖。問郎寒否。試納郎纖手。

點絳唇　春到　俞琬綸

靜卧牙床，惺惺不似糊塗好。幾時春到。莫與儂知道。　占斷風光，却被風光笑。癡情惱。把簾垂了。莫與春知道。

點絳唇　閨思　董以寧

翠被葡萄，輕籠金鴨香煙重。梅花影動。小閣寒宵共。　到得而今，無計凰求鳳。愁千種。一場春夢。又被燈花哄。

點絳唇　秋閨　徐元琜

翠竹蕭條，輕風過處雲鬟亂。有人腸斷。獨坐雕闌畔。　拂拂天香，已是秋將半。空長歎。侍兒低唤。明月無心看。

點絳唇　厭雨　張鳳池

儘彀淒涼，消磨不盡還添雨。凑成離緒。和夢粘飛絮。　天也多愁，抛却春何處。尋他去。鶯聲燕語。都被東風據。

點絳脣　中秋

侯晰

露濕雲鬟，碧琉璃影明如晝。薄寒搔首。桂蔭銀蟾透。金縷誰家，一曲笙歌奏。驚殘漏。玉缸紅瘦。門掩花枝叩。

點絳脣　繡倦

邵錫榮

弱柳摇春，東風難鎖晴絲亂。吐絨窗畔。手刺鴛鴦倦。怪爾雙棲，偏是儂無伴〔一〕。殘針綫。繡完這半。寄與伊家看。

【校】

〔一〕「伴」原作「畔」，據清康熙緑蔭堂刻《百名家詞鈔》本《探酉詞》改。

點絳脣　春晚

華韶

何處春歸，試煩君向釵頭看。玉蟬珠燕。故故臨風颭。攏髩玫瑰，鎖帳濃香暖。簾休捲。日長人懶。生怕黃鸝囀。

點絳脣　春陰　僧宏倫

玉笛叮嚀，落梅滿地愁無主。連宵風雨。魂夢都無緒。　水漫銀塘，柳暗黃金縷。鶯無語。花廊月廡。一幅春寒譜。

春光好　本意　鄒祇謨

珠露滴，錦雲遮。翠煙斜。粉痕輕污碧桃花。一些些。　畫槳船通何處，茜裙人是誰家。只有紅襟雙燕子，到窗紗。

春光好　春閨　尤侗

繡閣掩，鏡臺封。鬢雲鬆。聊聊私語小窗中。罵春風。　整日懨懨沉睡，侍兒問怎朦朧。却是背人偷揾淚，枕痕紅。

春光好 懶妝

萬樹

釵摘鳳，髻鬆鴉。任欹斜。要畫寸眉無氣力，況其他。　多懶自嫌不稱，天然反被人誇。道是一枝開未足，海棠花。

酒泉子 春情

曹溶

翠陌人遥。和淚銀泥欲滴。帳中香，牆外笛。冷春宵。　畫裙空綰鴛鴦帶。夢去重簾相礙。月嫌明，花倦種，待歸橈。

酒泉子 無題

史惟圓

雨過横橋。雲暗柳街塵陌。錦衾紅，花簟碧。夢迢迢。　殘燈衰鬢兩蕭蕭。風弄簷前碎玉。似哀箏，彈怨曲。惱春宵。

浣溪沙　閨情　吴偉業

斷頰微紅眼半醒。背人驀地下階行。摘花高處賭身輕。細撥熏爐香繚繞，嫩塗吟紙墨欹傾。慣猜閒事爲聰明。

浣溪沙　詠雪　宋徵輿

半是三春楊柳花。趁風知道落誰家。黄昏點點濕窗紗。何幸鳳鞋新得踏，可憐紅袖慣相遮。人間冷處且留他。

浣溪沙　閨情　于儒穎

一片心情眼底柔。倦容疏態越風流。未經惆悵不知愁。鴛譜怪來針綫減，工夫强半爲梳頭。日西初見下妝樓。

浣溪沙　夏閨　王士禄

茉莉風涼沁洞房。瑣窗斜月墜清光。玉人枕畔卸衣裳。　細語低迷防婢覺，幽情宛約惱郎狂。暗中無奈繡鞋香。

浣溪沙　曉起　曹爾堪

樂事貧家竟不貪。疏風斜雨過城南。單紗消受嫩涼酣。　宿硯頻催童子滌，好花頒與侍兒簪。暗將私語賭宜男。

浣溪沙　無題　王士禛

漸次紅潮趁靨開。木瓜香粉映桃腮。爲郎瞥見被郎猜。　不逐晨風飄陌路，願隨明月入君懷。半床鞾夢待郎來。

浣溪沙　戲友　萬樹

魚子蘭香曉露滋。起來移近繡簾絲。嫩黄初剪兩三枝。　喚得雪兒教捧去，葵花小合豆青甆。謝娘剛在罷妝時。

浣溪沙　詠幔　汪懋麟

繡幕低籠白玉牀。流蘇裊裊睡鴛鴦。莫教輕揭放餘香。　夢引春風羞日影，魂消濃雨怯燈光。軟金鉤響惱檀郎。

浣溪沙　無題　吴秉仁

新樣紅綃燕子裁。春風拂拂舊亭臺。褪寒已票杏花牌。　雨潤蜂黄粘繡幕，香酥蝶粉膩金釵。蕭郎白鼻幾時來。

浣溪沙　春水船　　單恂

柳蘸清波草蘸煙。碧羅一幅四垂天。沙鷗飛去雪翩翩。　青似髮兒粘屋樹，小如鞋樣趁潮船。畫圖新出李龍眠。

浣溪沙　贈妓　　孫鈊

蘭比風姿蕙比心。畫樓人倦罷金針。霓裳一曲古瑶琴。　細小鶯聲愁雨滑，淡黄楊柳怕秋深。蘼蕪隨處悔教尋。

浣溪沙　春寒　　冒褒

翠被生寒寶篆斜。銀河半炷透窗紗。舊時閒事記些些。　懶向重幃鬆扣領，誰來隔院理琵琶。自擕殘蠟照梅花。

浣溪沙　無題　馬翀

綠遍千山響杜鵑。柳絲披拂燕翩翾。可曾風雨似今年。　蓮瓣一鈎春寂寞，菱花七出曉嬋娟。半垂紅袖撥沉煙。

浣溪沙　春閨　嚴繩孫

綠鳥吴音怨綺籠。小窗人在畫屏東。流蘇斗帳繡芙蓉。　心字領頭和恨碧，唾花衣袖雜啼紅。爲誰貪好爲誰慵。

浣溪沙　夏閨　張鳳池

帳掩流蘇卸晚妝。華清浴罷擁歸房。玉纖低挽褪鞋幫。　肌汗薄沾消粉膩，口脂微揾餅茶香。隔欄偷扇滅銀釭。

浣溪沙　柳花

華紹曾

薄藹輕煙逗午晴。落無聲處繡牀平。喚他不住一聲鶯。找着遊絲兜緑莿，沾連疏雨纏紅英。鸜哥催喚下簾旌。

浣溪沙　花前

閨秀沈宜修

誰送春風特地來。漫憐情思怨花猜。被花猜着只徘徊。舊恨無人能捉摸，新愁獨我未安排。眼前何處可忘懷。

前調　侍女隨春

袖惹飛煙緑鬢輕。翠裙拖出粉雲屏。飄殘柳絮未知情。千喚懶回佯看蝶，半含嬌語恰如鶯。嗔人無賴惱秦箏。

其二

春滿簾櫳不耐愁。蔚藍衫子趁身柔。楚臺風月那禁留。　畫扇半遮微赬面，薄鬟推掠只低頭。覰人偷自溜雙眸。

浣溪沙　春晝　閨秀徐　燦

金斗香生繞畫簾。細風時拂兩眉尖。繡床針綫幾曾添。　數點落花紅寂寂，滿隄芳草緑纖纖。不須春病也懨懨。

浣溪沙　春恨　閨秀葉小鸞

垂柳絲絲盡拂簷。曉來樓角挂殘蟾。薄寒衣絮懶重添。　春裏縈心無限事，纔將一一着眉尖。旁人已自苦猜嫌。

浣溪沙　贈婢

閨秀 葉紈紈

風雨閒庭鎖寂寥。又看春色一分消。翠屏斜倚思無聊。夢覺情悰無處問，悶來心緒最難描。殢人殘病恨今朝。

浣溪沙　示女蓮蓮

閨秀 喻　撚

曉日當窗理繡絲。莫調金粉莫拈詩。倦餘聊倚碧梧枝。道藴才華妨靜女，少君風範是良師。耽書休似阿娘癡。

浣溪沙　新月

閨秀 葉小紈

纖影黄昏到小樓。弱雲扶住柳梢頭。捲簾依約見銀鈎。妝鏡慵開纔出匣，蛾眉學畫半含愁。清光先自映波流。

浣溪沙　春晴

閨秀顧　氏

百囀嬌鶯喚獨眠。起來慵自整花鈿。浣衣風日試衣天。　幾日不曾樓上望，粉紅香白已爭妍。柳條金嫩滯春煙。

浣溪沙　秋夜

女僧舒　霞

一片閒雲自在流。篆煙相逐去悠悠。梧桐和月上簾鈎。　砧杵遠敲千里夢，荻花低襯半江秋。暮霞飛盡許多愁。

小庭花　無題

蔡　燦

剛剩殘紅幾片飛。愁來偏覺睡相宜。雙雙歸燕逗遊絲。　繡閣偶閒思姊病，緑窗無事報郎書，一春心緒十分癡。

紗窗恨　詠蝶

蔣景祁

鬧紅咂翠何時了，漾春心。一生輕薄誰拘管，粉牆陰。　花架底、潛防紈扇，畫梁前、巧鬬紅襟。描上鴛裙摺，費泥金。

中興樂　秋思

沈自炳

芙蓉池上露初涼。桐花月轉迴廊。秋滿蓮籌，孤燈漏長。　夢入花庭畫牆。見蕭娘。覺來枕畔，玉釵猶響，無限思量。

愁倚闌令　問侍兒月上花梢幾許

華　侗

更未起，露將零。月初升。須向砌花枝上、看分明，小鬟聽。　清影欲來堪玩，良宵漸短關情。心事幾多眠未穩，故丁寧。

霜天曉角　秋怨

王宗蔚

銀河初捲。簌簌新寒淺。欲剪行雲何處，人去後、平蕪遠。　飛盡江南雁。水影紅樓面。慣是一聲蘆葉，又吹落、深深院。

巫山一段雲　無題

吴　綺

密意珊瑚帶，深情翡翠巵。人前隱笑動蛾眉。嬌盡語偏遲。　爲有愁中態，都成夢裏思。當初錯處也相宜。何況總宜時。

巫山一段雲　紀夢

王　晫

玉質梅花似，芳年荳蔻初。見人不語但躊躇。含笑解羅襦。　繡帶同心結，金釵壓鬢疏。腰肢裊裊倩誰扶。珍重響流蘇。

巫山一段雲　無題

計南陽

妾夢帆山路，君行九曲池。茱萸灣口最相思。三五月明時。小幕含燈影，疏櫺網碧絲。天寒今夜剪刀遲。霜弄玉虬枝。

巫山一段雲　遊仙

僧宏倫

懶教紅鸚鵡，閒騎小鳳凰。胡麻洞口唱山香。玉椀餉瓊漿。桂葉描雙黛，驪珠綴兩璫。鮫宮邀取織綃娘。乘月下衡湘。

醜奴兒　無題

吴偉業

低頭一霎風光變，多大心腸。没處參詳。做個生疏故試郎。何須抵死催儂去，後約何妨。却費商量。難得今宵是乍涼。

醜奴兒　有贈
龔鼎孳

何來一串真珠滑，輕燕穿梭。點點清波。只在腰身轉處多。　柘枝畫鼓沉香拍，鬧了銀蛾。生受眉窩。瘦到弓鞋窄窄羅。

醜奴兒　秋閨
吴綺

西風不管梧桐葉，亂落秋光。跌碎斜陽。猶剩紗窗一半黄。　新寒陡入羅衣薄，睡盡殘缸。銷却餘香。昨夜南來雁帶霜。

醜奴兒　離思
佟世南

少年到處成疏放，只爲傷春。不爲傷春。憔悴年年酒一尊。　相逢偏是增離思〔一〕，見也消魂。别也消魂。疏雨微風妬月痕。

【校】

〔一〕「偏」原作「徧」，據清康熙緑蔭堂刻《百名家詞鈔》本《東白詞》改。

醜奴兒　本意

汪　森

紅蠶浴罷桑初緑，簾捲金鈎。袖挽銀鈎。侵露提筐到陌頭。青衫白馬來何處，醉下歌樓。笑指妝樓。故墜金鞭作少留。

醜奴兒　無題

成　德

明月多情應笑我，笑我如今。辜負春心。獨自閒行獨自吟。近來怕説當時事，結徧蘭襟。月淺燈深。夢裏雲歸何處尋。

其二

涼生露氣湘絃潤，暗滴花梢。簾影誰摇。燕蹴風絲上柳條。舞鵾鏡匣開頻掩，檀粉慵調。朝淚如潮。昨夜香衾覺夜遥。

醜奴兒　陌上紀遇　龔翔麟

香車忽下城西陌，蝶繞珠衫。鳳襯鞋尖。無限春情臉際含。　斜陽各自催歸去，欲上湘簾。故整犀簪。贏得新愁别後添。

醜奴兒　午窗　嚴泓曾

薰風遲日黄梅後，花覆簾旌。午夢方驚。一榻琴書小院清。　亦知用意相關處，不爲多情。只爲聰明。也勾消魂過一生。

醜奴兒　秋閨夢戍　侯晰

衣篝不耐薰蘭麝，怕是新涼。怯膽空房。絡緯聲淒夜漏長。　蓬婆戍接紅閨夢，白草黄羊。毳幕沙場。多恐君邊月似霜。

醜奴兒　雨窗

僧宏倫

人孤小院黄昏近，雨打紗窗。雨打紗窗。疼殺朝來謝海棠。　薰爐火暖渾無寐，一夜思量。一夜思量。等得開簾燕子忙。

菩薩蠻　海棠

龔鼎孳

錦香陣陣催春急。舊花猶是新相識。紈扇一聲歌。流鶯爭不多。　紫絲雙步屧。小立朱樓側。簾外鬬腰身。垂楊軟學人。

菩薩蠻　春閨

梁清標

亂鴉啼處春風曉。流蘇香暖金鈎小。晴影入窗紗。街頭賣杏花。　鴛鴦初睡足。偏墮雲鬟緑。拂鏡試新妝。低回問粉郎。

菩薩蠻　重見　單恂

别時月暈梨花夜。如今芍藥和煙謝。好是憶成癡。伊家全不知。猶將身分做。恰像生疏個。停會始低聲。多時郎瘦生。

菩薩蠻　閨恨　唐宇昭

曉屏初摺香魂散。一庭日影烘窗暖。簾下看梳頭。雙眸眩鬢油。照妝前後鏡。仔細商宜稱。却惱玉鴛鴦。偏他交頸長。

菩薩蠻　無題　王士禛

蟬紗半幅圍紅玉。龜紋枕畔雙鬟緑。銀蒜鎮垂垂。含羞忍笑時。屏山金屈戍。女伴偷相覷。明日畫堂中。須防面發紅。

菩薩蠻　客宵　楊大鵾

風簾一剪燈花碎。疏衾昔昔涼于水。客夢不曾還。禁鐘清漏殘。玉階秋草色。舊路行來識。斜月鳳樓陰。九重寒更深。

菩薩蠻　閨夜　李天馥

月明小院梨花閉。金猊香裊流蘇細。假寐夜悠悠。簫聲何處樓〔一〕。起來還小立。羅襪蒼苔濕。莫更凭闌干。闌干夜最寒。

【校】

〔一〕「簫聲」原作「蕭聲」，據清康熙緑蔭堂刻《百名家詞鈔》本《容齋詩餘》改。

菩薩蠻　閨怨　冒丹書

金鈴送響秋風至。來鴻淡寫長天字。字寫不成書。空勞度碧虛。井梧飄斷綆。素月横清影。

照影可曾雙。含羞掩綠窗。

菩薩蠻　閨怨

陳世祥

落花萬片如堪數。和煙織就相思縷。甚處叫黄鸝。黄鸝却叫誰。遊絲無箇事。只管隨花住。歸燕鬪人愁。雙雙踏玉鈎。

菩薩蠻　無題

尤侗

畫簾捲斷珊瑚索。繡床小夢隨風落。殘月杏花隄。曉鶯恰恰啼。美人和笑立。露葉牽衣濕。待得侍兒來。妝奩一半開。

前調　夏閨

一階芳草茸茸綠。亂飛蛺蝶無人撲。欲摘小薔薇。嫌他棘刺衣。晝長停繡譜。私共雙鬟語。心怯越梅酸。只將纖手摶。

菩薩蠻　春閨　魏學渠

海棠花雨西園暮。麝煙鸞珮飄香霧。小婢罵東風。春泥踏作紅。衫籠肌雪軟。翠袖香篝暖。望遠不分明。閒調銀字笙。

菩薩蠻　惜别　張淵懿

乾霜着瓦流明月。驚心玉漏催離别。多謝北來風。攔回南院鐘。無端牆外道。咿喔鷄聲報。切莫信寒鷄。寒鷄夜半啼。

菩薩蠻　閨情　張天湜

小池樹合模糊影。昏昏一片無人省。驀地冷風來。閒窗開復開。夜闌人正倦。往事思量遍。莫道睡時那。低頭呆記他。

菩薩蠻　春遊　余懷

春旛摇曳蘼蕪淺。玉釵横落平山遠。畫舫錦中行。雙飛燕燕鶯。柳絲偏裊裊。枝上青梅小。酒熟正黄昏。隔花人叩門。

菩薩蠻　無題　顧貞觀

樺煙一抹輕綃護。脂香暗覺杯行互。狂捉縷金鞋。問郎真醉耶。銀箏連夜雪。柱冷湘絃折。紅豆數來多。曲終人奈何。

菩薩蠻　無題　張台柱

麝蘭香噴芙蓉錦。金釵輕墮鴛鴦枕。知道見時難。不嗔郎細看。蘭堂燈未暝。繡帳摇花影。銀月下雕簷。鸚哥唤捲簾。

菩薩蠻　無題　陳見鑨

幽閨小檻鶯聲入。海棠滴露猩紅泣。窗外月籠明。誰家暖鳳笙。个人貪睡穩。被底爐香燼。雙璅起來彈。金花指上寒。

菩薩蠻　無題　侯文燿

相思最怕黄昏後。月來偏照窗紗舊。生小慣孤眠。低低説那年。妾心憎數見。君道而今便。花影記朦朧。欄邊袖對籠。

菩薩蠻　春懷　閨秀沈宜修

紫騮嘶遍垂楊曉。緑窗人正腰肢小。紅袖拂瓊簫。含情注小桃。春歸人去遠。春去人歸晚。莫把杏花吹。夜深啼子規。

菩薩蠻　秋思　閨秀朱中楣

涼風欻欻驚愁客。蕭蕭短髮衣衫窄。秋色入園林。新蛩鳴夕陰。江南蓴正美。欲趁蘆花水。簾捲月痕收。砧聲和笛悠。

菩薩蠻　別況　女僧舒霞

天涯芳草春歸路。無端風雨將花妬。相續古今愁。春江無盡頭。孤帆猶未動。先做思鄉夢。離恨儘今生。他生莫有情。

減字木蘭花　爲長沙女子作　王士禛

離愁滿眼。日落長沙秋色遠。湘竹湘花。腸斷南雲是妾家。掩啼空驛。魂化杜鵑無氣力。鄉思難裁。楚女樓空楚雁來。

減字木蘭花　春風何處

王曜升

春風何處。燕隔珠簾啼小樹。曉日侯家。犬帶金鈴卧落花。打圍郊外。曲室紅妝燈底待。索酒橋頭。别館青衣馬上留。

減字木蘭花　春曉

王　鐖

輕雲初曉。金鴨微熏香篆小。春睡模糊。昨夜邀歡入夢無。遠山描就。移步香階花影瘦。悄倚闌干。試着宫羅尚帶寒。

減字木蘭花　黄昏

黄　永

風風雨雨。二十四橋儂望處。玉珮丁東。翡翠屏間醉小紅。揚州歌吹。别院笙簫花底媚。人在黄昏。金鴨香消半掩門。

減字木蘭花　閨情

毛際可

描花無力。可奈小姑催夜織。懶掠雙鬟。亂髮垂垂壓遠山。　不眠況味。及到高春扶未起。誰信征鴻。客歲書來又一冬。

減字木蘭花　無題

成德

花叢冷眼。自惜尋春來較晚。知道今生。知道今生却見卿。　天然絶代。不信相思渾不解。若解相思。定與韓憑共一枝。

減字木蘭花　七夕

汪煥

當初曾記。莫學雙星橋畔誓。此夕歡娛。翻羡雙星我不如。　相思難賦。人到多情天亦妬。天若情多。忍見經年一渡河。

減字木蘭花　秋晚

僧宏　倫

秋山如許。潑黛挼藍初過雨。鷺立寒塘。相對無言怨晚涼。西風黄葉。天末孤鴻飛一隻。吹笛南鄰。小院疏窗月暱人。

減字木蘭花　閒情

閨秀朱中楣

杏園春暮。豔奪朝霞沾雨露。翠黛痕收。笑對桃花小檻幽。雕梁燕語。草長蘼蕪知幾處。彤管蕭蕭。和罷陽春柳絮飄。

減字木蘭花　别意

閨秀周姗姗

梅花何意。開落從君君曰未。收拾韶光。消得天公幾度霜。心魂安在。花欲訴人人似醉。月底惺忪。忍聽明朝馬上鐘。

減字木蘭花　燈下

閨秀趙阿雲

清愁難遣。一幅情箋和淚展。生怕人來。背着銀缸托着腮。從今撇遠。罰个丢郎洪誓願。願不思量。怕不思量更斷腸。

減字木蘭花　歸思

閨秀吴山

連宵風雨。黄葉林間秋幾許。大地新涼。游子驚心憶故鄉。人生如寄。對景頻彈思母淚。何日歸期。回首吴霜點鬢絲。

前調　長安秋思

流風落葉。團扇新抛螢火滅。玉漏遲遲。翠輦遥傳太液池。君恩浩蕩。瘦影寒香如妾様。明月丹墀。誰奏新聲一斛珠。

訴衷情　蓮步　　梁清標

猩紅弓樣試風流。貼地軟香浮。凌波巧籠纖笋，錦幄倍清幽。蓮折瓣，月微鈎。玉溫柔。苔痕池上，泥印花間，塵跡樓頭。

訴衷情　別意　　史鑑宗

斷魂橋畔水悠悠。落日送行舟。忍却兩行珠淚，欲語恐先流。傾不盡，許多愁。不如休。萬般心事，百種柔腸，一點眉頭。

訴衷情　閨情　　張天湜

綺窗半黑漸黄昏。宿雨涷花魂。个人天涯歸未，月影又添痕。抛繡綫，看雙鴛，記溫存。侍兒嬌小，心事多般，却與誰論。

美人鬘　妓館

沈謙

銀燈低照眉山緑。催唱相思曲。暗裏踢紅靴。春寒夜轉多。　嘈嘈箏板聲何急。漫撚花枝說。郎自要銷魂。魂銷莫怨人。

美人鬘　本意

黃橒齡

翠鈿鸞篦無心理。整日慳梳洗。玫瑰露花油。濃香怕泫頭。　朝來略把紅絲繫。約指巫雲膩。藻井網流塵。菱花不鑑人。

卜算子　賦豔

彭孫遹

又報玉梅開，笑泥青蛾飲。去歲留心直到今，醉裏如何禁。　身作合歡床，臂作遊仙枕。打起黃鶯不放啼，半晌留郎寢。

卜算子　閨曉

梁清標

寶鴨被重熏，茉莉香先透。兩兩鴛鴦宿碧紗，私語人知否。夜雨裊殘燈，朝露沾羅袖。怪煞開奩促曉妝，好夢濃如酒。

卜算子　無題

毛奇齡

門外綠楊隄，門裏紅妝女。何處金羈美少年，故綰垂楊樹。風起攪楊花，飛作廉纖雨。眼底迷迷不見人，且聽黃鸝語。

卜算子　秋夜

王　屋

人靜夜方深，窗冷風初透。滅盡爐香撥盡燈，正是愁時候。瑣瑣葉邊秋，續續花間漏。裏被和衣尚未眠，直是尋銷瘦。

卜算子　秋旅　沈豐垣

漸覺晚風寒，門外砧聲歇。蟋蟀秋來有甚愁，偏向愁邊說。　人是異鄉人，月是傷心月。小苑淒淒玉露零，飛下梧桐葉。

卜算子　春閨　張　振

繡户鎖春暉，畫閣飛煙縷。底事朝來暗惱人，葉葉芭蕉雨。　衫薄不禁寒，夢覺還無語。小鳥枝頭只麼啼，不管人愁緒。

卜算子　秋晚　僧宏　倫

落葉抵愁多，不管人離索。催促黄花早晚開，莫把秋擔閣。　露重月光妍，誰倚紅欄角。減字偷聲按玉簫，莫要猜他着。

重疊金　無題

閨秀 許心榛

數聲漁笛斜陽裏。離愁亦傍寒風起。煙樹幾人家。冬殘猶試花。　昔時歡笑處。各自東西去。恰見斷鴻飛。霜帆獨櫂歸。

好事近　閨情

萬錦雯

忍淚送君時，江上青山斜矗。別酒一杯還暖，恨風帆催促。　無情畫舸疾于飛，一水横拖緑。欲上小樓凝望，又垂楊遮目。

好事近　舟歸

黄永

窗外鵲聲喧，似報郎舟歸急。想是西風帆挂，載吴山秋色。　聞郎昨夜宿青樓，筆墨偏狼籍。搜得贈人新句，向郎前斜擲。

好事近　秦淮燈船

李良年

相對捲珠簾，中有畫橈來路。花燼玉蟲零亂，串小橋紅縷。　橫簫絡鼓夜紛紛，聲咽晚潮去。五十五船舊事，聽白頭人語。

好事近　無題

成德

簾外五更風，消受曉寒時節。剛剩秋衾一半，擁透簾殘月。　爭教清淚不成冰，好處便輕別。擬把傷離情緒，待曉寒重説。

好事近　春恨

徐士俊

剪斷海棠絲，抛却春心不管。楊柳那知人意，惹鶯兒淒慘。　臉紅眉翠不堪消，擁着半床懶。二十四番花信，數春宵愈短。

謁金門　玫瑰　　華侗

花事了。差比荼蘼開早。茜紫濃香含露曉。繞欄蜂蝶鬧。　賣者街頭高叫。叫得玉人含笑。簪上鬢邊添嫈嫇。小鬟頻道好。

謁金門　秋閨　　閨秀葉小鸞

情脉脉。簾捲西風爭入。漫倚危樓窺遠色。晚山留落日。　芳樹重重凝碧。影浸澄波欲濕。人向暮煙深處憶。繡裙愁獨立。

謁金門　寄兄　　閨秀吴文柔

情惻惻。誰遣雁行南北。慘淡雲迷關塞黑。那知春草色。　細雨花迷繡陌。又是去年寒食。啼斷子規無氣力。欲歸歸未得。

謁金門　秋閨

閨秀鄒　氏

心鬱鬱。冷透繡衾如鐵。倦倚屏山成獨立。半簾殘月白。　愁比西風落葉。一夜空階堆積。短夢憶來無處説。暗蛩鳴砌壁。

醉太平　卜金錢

董以寧

鵲兒不斷。燈兒不管。紫姑仙不曾明判。擲金錢再算。　青蚨飛去還飛轉。只郎去歸偏緩。待點六爻還未半。奈心絲先亂。

繡帶兒　春思

柯　炳

十二捲重簾。春思阿誰添。遲遲蝶兒飛處，花影覆澄潭。　霞際夕陽銜。雙玉燕、低拂輕衫。牆東更待，月飛一綫，驗取眉尖。

憶少年　春閨　董元愷

春塵如雨，春風如醉，春光如夢。春花獨對也，只春波微動。剪破春陰春色好，更春情、落紅催送。萋萋春草碧，恰補春愁空。

憶少年　無題　朱彝尊

飛花時節，垂楊巷陌，東風庭院。重簾尚如昔，但窺簾人遠。葉底歌鶯梁上燕。一聲聲、伴人幽怨。相思了無益，悔當初相見。

憶秦娥　秋意　王屋

梧桐子。一聲驚墮涼風裏。涼風裏。畫欄深側，有人拈起。冰綃窄露纖纖指。持來笑向釵頭擬。釵頭擬。丁香初結，蠟梅剛蕊。

憶秦娥　清明節喜晴　黄檼齡

春煙碧。垂楊挽住和愁積。和愁積。小池西畔，有人孤立。　海棠烘豔梨陰雪。今番晴了清明節。清明節。無多兩日，杜鵑啼血。

憶秦娥　春日　閨秀張倩倩

風雨咽。鷓鴣啼碎清明節。清明節。杏花零落，悶懷千疊。　情悰依舊和誰説。眉山鬬鎖空愁絶。空愁絶。雨聲和淚，問誰悽切。

憶秦娥　秋蝴蝶　閨秀葉小鸞

湘簾揭。梧桐落向銀床咽。銀床咽。半庭斜日，數堆黄葉。　繡屏一縷消香怯。花間又見飛蝴蝶。飛蝴蝶。怪他輕薄，搗衣時節。

琴調相思引　秋懷

吴棠禎

嫋嫋秋風木落初。洞庭天遠錦堂虚。水聲山色，一半怨離居。昨夜續成前夜夢，今年接得去年書。鏡臺髮髻，兩月未曾梳。

琴調相思引　元夕後二日，夜雨即事

陳維崧

綺陌將收五夜燈。後堂鎖到第三層。畫簷殘燭，細雨恐難勝。歌板敲愁飛火鳳，枕函貯夢結紅冰。覺來還記，踏月六街曾。

琴調相思引　咏侍兒

董以寧

年紀花梢半未諳。柔情先自再眠蠶。偏將串結，珍重疊香函。閒伴夫人同鬭草，沉沉未敢摘宜男。郎情深淺，還向夢回參。

琴調相思引　無題

汪　森

憶昨沙黄隴麥昏。少年游冶逐雕輪。遠山愁黛，觸處黯銷魂。　記得東風曾繫馬，小橋流水近朱門。晚來紅濕，微雨杏花村。

亦園詞選 卷三

梁溪侯文燦蔚䃔選 同里張鳳池圯石較

清平樂 春思

毛際可

催春去也。不放些兒假。縱使將春攔住者。無奈牡丹都謝。閒愁對鏡難忘。臨池試照新妝。同是水中人影，去年還自雙雙。

清平樂 閒情

沈謙

鬢雲低裊。淡畫雙眉小。磨得菱花秋月皎。病裏何曾草草。悶看金鴨香浮。妝成獨坐空樓。百遍不如郎意，旁人都道風流。

清平樂　有贈

毛先舒

精神無那。冷雨幽窗坐。看着玉纖閒不過。細數指螺幾箇。與卿對面相親。香爐茗碗温存。憐煞蛾眉如畫，無愁長帶微顰。

清平樂　詠柳

吴秉仁

千條萬葉。總是離愁結。摇曳灞橋三二月。還付離人攀折。幾回影入紗窗。子規聲暗斜陽。檢點陌頭春色，應憐少婦凝妝。

清平樂　春雨

徐釚

梨花無語。斷送春如許。因恁斜陽留不住。變做一天絲雨。簾前都滿苔痕。魂消不等黄昏。柳眼皆含珠淚，山頭錯認巫雲。

清平樂　睡起

潘雲赤

晝長人困。慢臉生紅暈。悶倚繡床纔一瞬。生怕花枝枕損。斜陽又下朱欄。無心再整雲鬟。咒得雙星不見，從教夜夜孤眠。

清平樂　春晚

僧宏　倫

遊絲網絮。不放春歸去。謝了梨花寒食雨。莫强留他春住。鎖窗柳外紅樓。月華不上簾鈎。休怨東風薄劣，東風不替人愁。

清平樂　閨情

閨秀謝小湄

良辰初到。春色隨時鬧。妝點蛾眉愁甚早。人在咸陽古道。當年曾別長亭。今朝嘶馬縈情。寂寞黄昏時候，涼房夜夜風生。

清平樂　憶外

閨秀張　繁

重門深處。聽盡黄梅雨。千遍懷人慵不語。魂斷臨岐別路。　一天離恨分開。同擕一半歸來。日暮孤舟江上，夜深燈火樓臺。

占春芳　索香

吴棠禎

却畫扇，還珠串，微笑向郎前。含口宜藏鷄舌，薰衣須浸龍涎。　覆火隔金錢。願書窗、分惠殘煙。博山爐上春風動，緑霧香天。

誤佳期　閨怨

沈　謙

悶把闌干猛拍。一向翠奩塵積。孤鸞那得影兒雙，怕見菱花碧。　眉淺月朦朧，鬢嚲雲狼籍。愁容自己也難看，敢望他憐惜。

誤佳期　錯認

邵錫棨

屏内燈花如豆。簾外月光如晝。海棠深處是何人，悄立花陰後。低喚不擡頭，移步儂相就。仔細看看不是他，折轉身來走。

誤佳期　閨怨

汪懋麟

寒氣暗侵簾幕。辜負小春芳約。庭梅開遍不歸來，直恁心情惡。獨抱影兒眠，背着燈花落。待他重與畫眉時，細數郎輕薄。

荆州亭　晚眺

彭孫遹

小閣愁來獨倚。四合彤雲垂地。若要不思量，夜夜除非沉醉。酒後寒生半臂。着處牽縈人意。珍重舊羅巾，曾揾美人香淚。

荊州亭　閨恨　俞士彪

夜短愁長難睡。淚與燈花俱墜。街鼓一聲聲，好似打人心裏。累得翠蛾憔悴。難道没些番悔。尋出小榴牋，抹殺鴛鴦兩字。

荊州亭　夢　陳玉堪

直到五更方睡。春被軟風吹碎。好夢和流鶯，隨入柳陰花隊。驀與羊車人會。臉暈紅潮如醉。悄語願郎聽，露冷霜濃宜畏。

清平調　聽鶯　陸次雲

春光如此。滿架薔薇紫。忽訝一枝垂不起。立了金衣公子。嬌音百囀春風。聲聲出自花叢。遥指雙鬟莫至，怕他驚去無踪。

萬里春　易朱絃作新操　　鄒祗謨

臨邛緑綺。何事琴心在裏。聽儂彈、雙鳳和鳴，願蕭郎洗耳。　怕桐孫聲死。素絲不比朱絃喜。玉纖纖、金鳳花痕，向紅窗輕理。

眉峰碧　春日　　梁清標

深院鞦韆罷。細雨梨花夜。曉起閒庭一片飛，忍又見山桃謝。　蛺蝶枝頭挂。苦憶前春話。門外東風鏡裏顔，背人無語斜陽下。

眉峰碧　立春　　吴綺

鏡裏韶光早。彩勝釵梁裊。捲簾都是惜春人，爭道來年較好。　生怕東風小。央及庭前草。玉階先自送青來，莫教惹得芳心惱。

畫堂春　美人目

董　俞

消魂全在眼波秋。盈盈怕見春愁。暮江人去正凝眸。粉淚難收。密意燈前頻送，幽情扇底微鉤。繡幃斜睨半含羞。別樣風流。

畫堂春　秋聲

魏學渠

高樓暝色與雲平。誰家偷弄銀箏。西風初試粉香城。葉葉聲聲。簾外新添蛩語，煙中偏肅鴻翎。枕前聽碎不分明。總恨飄零。

畫堂春　護燈花

陳維崧

夜香時候繡屏高。水沉一縷微飄。銀釭半盞絳花嬌。照破幽宵。漏永漫憑金剪，風輕未掩鮫綃。莫教紅萼褪蘭膏。好事明朝。

阮郎歸　無題

李雯

滿簾暮雨對青山。樓高香袖寒。綠帆遥落水西灣。銀箏無意彈。金鴨冷，淚珠殘。一庭紅葉翻。鷓鴣飛去又飛還。人如秋夢闌。

阮郎歸　冬閨

陳維崧

碧窗涼思染平蕪。天寒金井孤。凭闌素手弄冰壺。淒清停翠襦。吹綠浦，冷香菰。銀塘飛鷓鴣。滿簾風雨濕真珠。玉關音信無。

一絡索　夏景

吴綺

梧桐密處清陰重。碧紗風弄。落花簾外舞輕紅，又補却、青苔空。雲藕初調仙洞。有誰堪共。日長縱得繡工夫，不彀了、愁和夢。

一絡索　客夜　僧宏倫

露濕莎根蟲語碎。早涼生袂。梅花玉笛隔西鄰，門未掩、燈兒背。不信愁深如海，暗彈清淚。疏鐘打得月西斜，這一夜、何曾睡。

人月圓　弔古　陳孝逸

吳宮蒲柳青如故，燕子話空梁。可惜江南，無情花月，誰識滄桑。山河入眼，歌騷譜怨，銜恨君王。楊柳金輿，梨花玉輦，鈴語郎當。

人月圓　春閨　顧貞觀

玉蘭堂下春陰薄，是處覓清歡。繡床開也，燕泥晨落，移近闌干。些時正好，青梅豆澀，紫蔗漿寒。別來消受，無多供養，只當加餐。

慶春時　日長　　董以寧

半窗閣繡，幺絃罷曲，慢火餘香。玉人此際，妝成無事，才覺日初長。　銀驄何處，等閒嘶過紅牆。鶯簧吹囀，柳綿飛起，儘日好思量。

海棠春　燈花　　王庭

黄昏窗外沉沉雨。冷照壁、一燈如水。小焰吐雙花，爲報明朝喜。　縈煙黯黯，摇光亹亹。似對愁人細語。花落肯重開，再把燈挑起。

海棠春　本意　　閨秀　張學雅

西風吹展臙脂片。愁絶處、睡醒難辨。試捲晚簾看，酒暈楊妃面。　霧籠煙鎖供腸斷。花史猶嫌秋色淡。故把雨絲飄，染得紅堪玩。

眼兒媚　繡罷

賀裳

半竿殘日上西窗。倦繡倚金堂。架移簾内，絨拖髻畔，花裊釵傍。　驀然闌角回頭望，背底立蕭郎。低聲笑問，何時潛入，真太猖狂。

眼兒媚　畫眉

尤侗

水晶簾外看梳頭。宛轉小眉修。自然宫樣，遠山欲笑，新月如鈎。　絳仙何用供螺黛，淡掃恰風流。張郎多事，横添一筆，帶出閒愁。

眼兒媚　簾内

汪懋麟

玲瓏簾幕墜金堂。謝女怯燈光。鳳凰高髻，鴛鴦繡帶，別樣新妝。　多情風動簾開處，秋水更盈眶。最銷魂是，鬢邊花氣，懷裏衣香。

眼兒媚　有憶

顧貞觀

手捲湘簾雨初收。雙燕小紅樓。釀花天氣，護花心性，一樣温柔。　知他底事長無語，鈿帶縛箜篌。個中誰解，寒應勝暖，春不如秋。

眼兒媚　夜坐

僧原　詰

緑窗風細雨初晴。窗外月微明。銀釭焰冷，金爐香炧，坐到深更。　幾多離思憑誰寄，好夢亦難成。滿林霜葉，一庭蟲語，萬户砧聲。

攤破浣溪沙　閨情

吴偉業

阿母頻催上玉鈎。侍兒先起護香篝。曉氣撲簾花尚睡，怯梳頭。　靨暈有情眉岫遠，額黄無盡眼波流。細骨輕軀春一把，許多愁。

攤破浣溪沙　閨詞　宋徵輿

細歛蛾眉幾許長。湘簾初放柳花香。閒揾紅綿彈粉淚，説淒涼。玉勒玉人雙邂逅，金盃金釧百思量。除是嬌羞低障面，弄珠璫。

攤破浣溪沙　自慰　沈叔培

碧柳千條露未乾。金衣百囀晚風寒。還道後園花未落，强心寬。孤枕祇餘魂縷縷，小衫誰見淚斑斑。舊日錦書能惹恨，莫重看。

攤破浣溪沙　秋閨　王士禛

斗帳初垂懶卸頭。任他紫棧減秦篝。簾外銀河天似水，數更籌。梧葉催蛩涼到枕，花枝和月午當樓。還比殘春寒食夜，一般愁。

攤破浣溪沙　春閨

賀裳

白玉搔頭刻鳳凰。初笄嫌重貯紅箱。今歲緑雲朝鏡滿，恰相當。欲上鞦韆防髻滑，將行花底恐梢長。遥覓雙鬟呼不應，付檀郎。

攤破浣溪沙　曉妝

趙進美

銀蠟初銷寶鴨濃。起來珠袜褪酥胸。細數枕痕殘夢遠，剩輕紅。雙啟螭奩交翠影，半欹蟬鬢卸金蟲。寒較夜來渾不減，杏花風。

攤破浣溪沙　無題

吴棠禎

江影涵天蘸月青。杜娘和冷立中庭。滿頰羞紅嬌不語，看春星。聽得喚眠佯咳嗽，避人滅燭又消停。只説鄰家催繡枕，待三更。

攤破浣溪沙　憶得　黄蛟起

憶得斜陽卧絳紗。低聲私囑養娘家。剛得檀郎濃睡去，莫驚他。　薄醉輕攜鴛被覆，暗風親下繡簾遮。還恐醒來消酒渴，焙新茶。

攤破浣溪沙　臨書　華宋時

嫩緑披陰過粉牆。無聊花落倚紅窗。輕滌硯塵鈎帖罷，十三行。　自剪荳梅供午餉，偶臨春水照明璫。剛被小鬟猜着恨，兩蛾長。

三字令　寫懷　李蔚

愁倚户，夕陽斜。憶天涯。春去也，在誰家。燕營巢，蜂釀蜜，總堪嗟。　人不到，見歸鴉。掩窗紗。開復落，刺梅花。酒漂零，香冷淡，負年華。

三字令　惜春

閨秀張學儀

鶯語喚，曉妝殘。捲簾看。山芍藥，一枝丹。惜春繁，能幾日，又闌珊。　添遠恨，翠眉攢。淚珠彈。斜暗想，倚回欄。不如他，雙燕子，兩相安。

番女八拍　塞下

丁　澎

黄榆風急海鶩啼。馬頻嘶。蓬婆城外千山雪，錦韊蠻靴夜打圍。　梧桐樹下軋鳴機。念征衣。孤鴻一去無消息，使盡西風喚不歸。

武陵春　紀遇

鄧漢儀

不是銷魂誰肯住，花裏會纏綿。流落天涯更幾年。眉際宛相憐。　那用更歌金縷曲，小語當哀絃。緑酒紅燈雨似煙。拚好不成眠。

西地錦　同三五女伴道小名　董以寧

不合相攜鬬草。把小名輕告。鄰娃便説，而今輸却，把小名爭叫。萬一儂家輸了。寧可酬花鈔。怕他簾外，侍兒竊聽，并檀郎知道。

掃殘紅　無題　閨秀龔靜照

芳華一霎如夢。苦被東君作哄。萬紫千紅誰斷送。剩緑沉煙重。把酒囑花疼痛。燕去落泥成空。滿地榆錢，一天飛絮，牡丹香閧。

朝中措　春暮　成德

蜀絃秦柱不關情。盡日掩雲屏。只惜輕翎褪粉，更嫌飛絮爲萍。東風多事，餘寒吹散，烘暖微酲。看盡一簾紅雨，爲誰親繫花鈴。

武陵春　春怨

史惟圓

門外東風吹不盡，往事去難留。拍岸春濤日夜流。何處識孤舟。　和雨和煙雙燕子，細語踏簾鉤。説盡天涯滿地愁。總撮在、兩眉頭。

一絡索　送別

河東女伎武意兒

黄河九曲儂心似。怕相逢便去。河流也欲送君行，謝曲曲、多情水。　春草馬嘶何處。見緑楊愁緒。龍樓此去看花時，還記得、河東否。

柳梢青　詠白海棠

韓　雲

淡月籠紗。香銷金粉，露洗鉛華。檀口無言，空庭素影，人在天涯。　水晶宫是儂家。冰肌冷、銀河影斜。問夜何如，朦朧睡醒，同夢梨花。

柳梢青　寄怨

丁　澎

紅杏依然。小樓空倚，目斷晴川。不採蘼蕪，打開鸜鵒，有恨休傳。　惱人偏是雲箋。更説甚、燈前枕邊。不信他家，濃香豔粉，若個堪憐。

柳梢青　詠螢

顧同應

明月窗紗。夜涼如許，偷度西家。簾外星移，屋梁月墮，逗得些些。　玉階悄憶年華。曾照個、襟横鬢斜。長信宫閒，摩訶池冷，光暗秋花。

河瀆神　小姑詞

吴棠禎

絲雨鬱孤臺。江聲千丈飛來。小姑酹酒廟中回。親折宫亭野梅。　隔岸襄陽來估客。好問成都消息。只恐晚來風力。吹得雙帆去直。

河瀆神　小姑詞

史惟圓

照水月娟娟。小姑妝鏡初懸。碧桃花發翠簾前。殘香猶裊斜煙。露濕旌竿鈴帶重。隔雲神女相送。繡袂天風吹動。凌波歸去如夢。

河瀆神　露筋廟〔一〕

陳維崧

湖上水連天。湖光捲盡寒煙。玉娥一去幾千年。盡日凝妝儼然。漠漠雨絲飄碧瓦。人在女郎祠下。一樹紅梨開謝。明朝又是春社。

【校】

〔一〕原作「露節廟」，據清康熙孫氏留松閣刻本《烏絲詞》改。

河瀆神　丫姑廟，在江陵長湖口

僧宏倫

古廟集啼鴉。紅牆一角崩沙。楓根纈網繫漁槎。漁娘滿髻黄花。新月嬋娟眉樣子。也解照人心事。一帶暮山凝紫。疏鐘打響煙寺。

極相思　春宵　侯承垕

胸中一點癡情。留記月波明。朱欄凭暖，葳蕤未鎖，相伴吹笙。花暗迴廊聞響屧，憑小婢、報道三更。簾角雕櫳，鸚哥睡穩，玉漏偏清。

少年遊　春情　陳子龍

滿庭新露浸花明。攜手月中行。玉枕寒深，冰綃香淺，無計與多情。奈他先灑離時淚，禁得夢難成。半晌歡娱，幾分憔悴，重疊到三更。

少年遊　夢後　閨秀吴琪

一階新草碧痕輕。紫幔怯風鈴。粉妝玉靨，爲誰銷減，空自撥秦箏。幾回夢裏尋芳訊，花底憶生平。半醒梨雲，珠簾靜悄，獨聽畫眉聲。

西江月　舟中見麗人

宋琬

淥水芙蓉掩映，青蛾欲展還顰。琉璃千頃碧無痕。怎比橫波一寸。　畫舫搖搖近岸，岸邊偷覷防嗔。長年何幸得相親。半晌輸他福分。

西江月　無題

沈謙

試把帳羅輕揭，已將奩鏡偷開。小眉慵掃髻兒歪。尋出金翹不戴。　悄喚侍兒私語，要防夫壻歸來。不然昨夜下金階。裙帶如何自解。

西江月　落葉

計南陽

桂子香殘緑鬢，茱萸霜冷紅綃。碧窗彈破雨瀟瀟。烏鵲亂啼清曉。　驚起五更幽夢，送他幾點寒潮。相思吹散廣陵橋。一夜西風古道。

西江月　秋月

陳履端

孔雀屏邊篆細，鴛鴦瓦上霜輕。小樓單枕睡難成。閒數一簾花影。人到秋來較瘦，夢隨春去無憑。知他今夜酒微醒。獨對蟾光清冷。

西江月　題扇

黄蛟起

牆畔殘梅初子，溪邊垂柳將花。春光零落到窗紗。小鳥嬌啼如駡。香蕊偏然流水，晴絲隨意天涯。百花深處蝶爲家。暫向東風偷假。

四犯令　無題

朱彝尊

小小春情先漏泄。愛綰同心結。唤做莫愁愁不絶。須未是、愁時節。纔學避人簾半揭。也解秋波瞥。篆縷難燒心字滅。且拜了、初三月。

偷聲木蘭花　怨情

丁　澎

五花麝角青奴冷。星透銅烏蓮羽淨。此際難支。紅淚拋殘十二時。　秦王宮裏青銅鏡。能照妾胸方寸影。安得神針。繡出思君一片心。

滴滴金　閨情

曹亮武

絲絲楊柳拂人低。簾前弄畫眉。花事竟隨春去也，消瘦盡、沒人知。　擬教一夢續幽期。不道夢還非。照出鏡中都是恨，照不出、一些兒。

滿宮花　戲題吴蕊仙花卉便面

王士禛

漢宮春，湘竹扇。寫出一痕清怨。輕紈半幅不禁秋，幾點墨花輕茜。　憶燃脂，思捧硯。餘響猶聞金釧。武陵倘許問津來，可似漁郎花片。

憶漢月　索曆

任繩隗

塘上芙蓉如月。夜夜輕寒點雪。春花秋葉幾多愁，怕記別來時日。修書黃耳去，單囑付、長安新曆。男兒不解愛流年，妾過今年十七。

憶漢月　慵起

陳玉堪

明月一天如水。變作五更殘雨。夢魂只在枕頭邊，幾度思量不起。繡簾呼小婢，金獸裹、衣香添未。今朝無力試新妝，且把玉臺深閉。

沙塞子　用香草亭韻

梅　慜

曉開奩鏡拭紅綿。無一語、妝罷思眠。最惜是、淡雲疏雨，顛額春天。兩眉愁聚憶從前。曾密誓、低裊爐煙。道將息、落花時節，腸斷今年。

月中行　無題　　張淵懿

杏花零落五更風。吹向小樓紅。醒時曾未得相逢。又況夢兒中。　愁多没個安愁處，消費得、雨暗雲重。夢時相見已無踪。不待覺來空。

少年遊　閨情　　賀裳

繡罷芙蓉，抛殘綫帖，池畔看鴛鴦。花下逢人，忙趨曲徑，不顧濕鞋幫。　歸來惟恐相撩問，獨自掩紅窗。坐定房櫳，縷金小蝶，兀自顫釵梁。

一痕眉碧　湖上行春　　丁澎

風送畫橋春渌。戲水鴛鴦爭逐。柳花落盡短長亭，偏亂惹低鬟緑。　人倚翠樓如玉。忍使嫵眉長蹙。鷓鴣飛上竹枝啼，停樽且盡吴娘曲。

少年遊　晚晴

王項齡

霎時疏雨潤花房。小徑踏空香。淡雲拖處，玉虹界斷，返照一溪黃。　珠簾半捲遥天碧，無限意、立斜陽。十二煙鬟，黛螺青滴，新試晚來妝。

探春令　無題

沈豐垣

停針笑剔玉缸明，正月斜簾外。整殘妝、故作深深態。偏不管、郎先在。　荼蘼刺惹紅絲帶。漸微微露灑，恁相逢、還向翠陰深處，摘朵花兒戴。

探春令　雨元夕

陳子龍

寒梅香斷滿簾風，庭院春無主。火微紅、明滅紗窗裏，知有玉人低語。　年時花月相逢處。隔小橋幾許。想今宵、獨剔銀燈，和淚多了黄昏雨。

醉花陰　擬豔

陳子龍

繡幕屏山紅影對。兩點愁眉黛。消息又黄昏，立遍蒼苔〔一〕，賺得心兒悔。　一縷博山庭院内。人在秋千背。夜久落春星，幾陣東風，殘月梨花碎。

【校】

〔一〕「遍」原作「徧」，據清嘉慶刻本《陳忠裕全集》改。

醉花陰　擬豔

宋徵輿

風裊繡簾雲影礙。一半輕妝退。玉漏出花間，羅襪無聲，人影紗窗背。　酒暖春酥紅入黛。銀燭摇仙佩。和露洗胭脂，金粉全消，只有香肌在。

醉花陰　寒食

丁　澎

牆角秋千紅影度。踏遍新苔露。眉恨寄夭桃，賺燕迷鶯，都做相思樹。　柳絲煙挽湘簾暮。春悶晴如雨。樓外更飛花，屈戍重重，難鎖東風住。

醉花陰　詠桃　沈　謙

鴛鴦繡出偏成對。襯疊荷錢翠。街鼓報三更，怪冷嫌高，欹着何曾睡。無端要拍珊瑚碎。又暗垂清淚。臂玉恐銷香，低首尋思，驀地燈花墜。

醉花陰　紫薇　張光緯

澹月疏風秋正瘦。枝上輕紅皺。依約剪新紗，低亞零星，纔沁胭脂透。玉人閒凭闌干後。停扇挼香袖。纖手試微搔，真個花梢，顫顫疑風驟。

醉花陰　閨情　閨秀徐　燦

幾日愁風和恨雨。鄉夢教留住。花外燕雙飛，等得他來，訴與傷心語。碧雲有路須歸去。青鳥書無據。殘月又模糊，空照人愁，没箇分明處。

醉花陰　良夜

閨秀　龔靜照

粉窨眠香紅染淚。兩點盈秋水。被冷疊鴛鴦，有夢何曾，熨貼心頭事。碧雲冉冉黃花地。半晌披幃起。體怯悄寒生，不耐蟲吟，况續廉纖雨。

南歌子　旅恨

曹　溶

馬渡離人地，山銜去國程。孤身都似雪花輕。僥倖不如春色、過清明。小樹低金鎖，重簾冷玉笙。那家沽酒甚多情。又被晚風吹送、宿河城。

南歌子　春閨

萬錦雯

柳影籠珠網，蕉陰映綺窗。朝暉錯認是殘陽。又是一番殘夢、暗思量。清鏡慵開匣，輕衫慢爇香。驚魂風裏絮悠揚。恰趁花間蝴蝶、過東牆。

前調　閨情

却月添新黛，飛霞貼曉妝。閒隨姊妹踏春陽。笑問如何水鳥、號鴛鴦。　宿處常交頸，飛時每並行。好逑願得比情長。歸去忙描樣子、繡成雙。

南歌子　閨情　吴綺

銀甲調新火，珠簾捲曉霞。辟寒初着杏紅紗。正是惱人時節、不歸家。　鶯坐渾身柳，蜂歸兩股花。一絃春怨語琵琶。昨夜鴛鴦買卦、又須差。

南歌子　鵶鬟　王士禄

簫局晨香裹，流蘇曉夢還。十三小女緑鵶鬟。情似十三明月、未全圓。　花影紅屏午，春光碧户傳。抱來雁柱十三絃。已覺一絃一柱、思華年。

南歌子　雨夜　張光緯

樹杪雲生蕊，簷牙雨作湍。芭蕉聲動夜光寒。奈有題殘箋尾、未曾完。　煙篆剛留縷，燈花半欲闌。三更愁絶夜漫漫。忽憶當年情緒、夢來難。

南歌子　無題　成德

暖護櫻桃蕊，寒翻蛺蝶翎。東風吹緑漸冥冥。不信一生憔悴、伴啼鶯。　素影飄殘月，香絲拂綺櫺。百花迢遞玉釵聲。索向緑窗尋夢、寄餘生。

南歌子　喜覯　佟世南

曙雪凝瓊貌，春山壓翠蛾。偶來芳逕暫婆娑。喜得書齋深處、少人過。　小立兜金縷，閒行整砑羅。櫻桃微綻笑生窩。低問花間句讀、是如何。

南歌子　賦得「玲瓏隔窗語」

毛奇齡

青漆重銀鑰，丹砂映玉櫳。隔窗嬌立小芙蓉。兩地分明細語、一燈紅。　好鳥音初剪，幽蘭氣轉濃。相看枉自喚玲瓏。一寸明螺槅子、萬重峰。

南歌子　無題

周稚廉

綠沁琉璃帶，紅摇玳瑁釵。下階無語立蒼苔。昨夜銀塘雨洗、露桃開。　迴臉遮星靨，偎人泥粉腮。真珠簾捲有誰來。兩兩舊巢宮燕、掠泥回。

南歌子　秋夜

僧原詰

露氣涼如水，蟾光瑩若冰。夜深誰共聽秋聲。只有影兒和我、到前庭。　簾外銀河淡，花間玉漏清。沉思往事繞廊行。怪底隔花小犬、吠流螢。

南歌子　楓葉

僧宏　倫

一樹紅于火，諸峰爛若霞。杜鵑啼血不如他。可似絳雲樓閣、太清家。　紫蒨千重幄，丹還九轉砂。江都天子最豪華。碎剪千機宫錦、綴宫花。

南歌子　新月

閨秀葉小鸞

門掩瑶琴靜，窗消畫卷閒。半庭香露繞闌干。一帶淡煙紅樹、隔樓看。　雲散青天瘦，風來翠袖寒。嫦娥眉學小檀彎。照得滿階花影、手難攀。

南歌子　題箋

閨秀龔靜照

約鬢蘭膏潤，微脂酒膩鮮。雨窗脉脉自裁箋。寫出一腔幽恨、夜來天。　瘦損寬腰帶，殘妝褪黛煙。爲憐好景不成眠。倩問東風吹向、阿誰邊。

醉紅妝　詠螢　陳子龍

空庭星露暗香消。冷熒熒，煙外飄。一簾涼影點清宵。明還滅，弄花梢。多情飛上翠雲翹。倩他照，晚妝嬌。更喜玉纖輕拂下，偏不見，落紅綃。

醉紅妝　勸酒　吴綺

迴廊羅幕捲金泥。照垂楊，月影齊。有人年少歛蛾眉。歌宛轉，勸玻璃。就中擲眼怕人疑。佯轉面，整紅衣。低告玉郎須盡醉，郎不飲，又花飛。

醉紅妝　詠螢　魏學渠

隨星帶露慣飛颺。映珠簾，入畫堂。坐人衣上晚風涼。身倚小，太輕狂。團團紈扇愛流光。倩纖手，撲來忙。更揣郎歸明月盡，留幾點，照鴛鴦。

青門引　閨怨

魏學渠

繡閣輕陰冷。針線慵拈自省。闗心昨夢暗尋思，珠簾不捲，雨過飄殘杏。　消愁有酒摇釵影。酒到愁邊醒。那堪密約，多半無憑，猶向迴廊等。

雨中花　索花

任繩隗

姊妹貪歡鬬草。愛此青青未了。學珮宜男，偷丸益母，欲語羞年小。　惟有長隄花繚繞。是夜合初臨曉。倩歡手攜來，親藏枕篋，只爲名兒好。

望遠行　人日

陳子龍

曉日深沉畫閣眠。銀剪閒開半圓。小屏風上又新年。綺羅香襯落金鈿。　思往事，恨綿綿。怕説梅妝柳煙。裁成花勝寄誰邊。一春常是淚花前。

杏花天　花朝過金魚池

梁清標

鶯聲曲岸輕陰乍。春水漲、城南臺榭。誰家高結鞦韆架。人在賣花簾下。踏青鞋、舊游重話。記挾彈、芳原試馬。杏花小雨西村社。放了東風寬假。

杏花天　憶夢

董以寧

青青鳳脛留殘火。把好夢、背地偷做。烏絲正欲雙題和。忽被寒濤鼓破。奈未夢、心情猶可。到夢後、淒涼怎過。好拈針帖挑燈坐。今夜夢來須躲。

浪淘沙　閨情

史可程

茸朵唾芳襟。燕語愔愔。麝煙孤裊暗瑶琴。手弄裙腰雙繡帶，怪結同心。蝶夢暖香衾。消受而今。一鈎纖月踏花陰。不信銀河天樣闊，比得愁深。

浪淘沙　吴女採菱　　　　吴　綺

三十六鴛鴦。睡損秋光。個儂貪耍未成妝。借得鄰家新艇子，瀠槳横塘。　蓮子怕空房。緑扇凋傷。纖纖偏愛小紅香。説道菱花能向日，且弄斜陽。

浪淘沙　題仕女圖　　　　馬鳴鑾

雙鬢欲堆鴉。臉斷朝霞。鶯啼花影落窗紗。十二巫峰渾是夢，雨細雲斜。　油壁下香車。目送鴻賒。紅蘭珠幕阿誰家。紈扇輕攜裙帶綬，自惜韶華。

浪淘沙　端午　　　　吴偉業

纏臂綵絲繩。妙手心靈。真珠嵌就一星星。五色疊成方勝小，巧樣丹青。　刻玉與裁冰。眼見何曾。葫蘆如豆虎如蠅。旁繫纍絲銀扇子，半黍金鈴。

浪淘沙　無題

俞汝言

芳草遍天涯。幾引流霞。小樓宛轉暮雲遮。記得當時歌舞地，碧水梨花。歸路一鞭斜。斷送年華。夜涼無夢越窗紗。酒醒更殘燈又灺，春在誰家。

浪淘沙　春恨

沈　謙

彈淚濕流光。悶倚迴廊。屏間金鴨裊餘香。有限青春無限事，不要思量。只是軟心腸。驀地悲傷。別時言語總荒唐。寒食清明都過了，難道端陽。

浪淘沙　重會

吴棠禎

小艇渡錢塘。橘柚初黄。歸來重到木蘭房。蝶抱鶯勾多少事，誤我紅妝。握手細商量。雙袖飄香。燈前不肯解羅裳。只說玉郎消瘦甚，且莫輕狂。

浪淘沙　無題　成德

悶自剔殘燈。夜雨空庭。瀟瀟已是不堪聽。那更西風不解意，又做秋聲。城柝已三更。冷浸銀瓶。柔情深後不能醒。若是多情醒不得，索性多情。

浪淘沙　納涼　王顥

一陣夜涼風。初月如弓。羅衫葉葉出簾櫳。恰是晚妝新浴後，茉莉香濃。獨坐小庭中。惱殺秋蛩。天涯不見雁書通。記得別時河影照，織女星紅。

浪淘沙　暮雨　陸進

望斷碧山雲。杳靄無痕。連宵風雨怨黄昏。閒着一身無箇事，靜掩重門。寶鴨透氤氳。宫餅重薰。寒燈寂寞悵離群。聽得數聲秋雁過，過了秋分。

浪淘沙　七夕

董元愷

新月一弓彎。烏鵲橋圜。雲輧縹緲渡銀灣。天上恐無蓮漏滴，忘却更殘。　莫爲見時難。錦淚潸潸。有人猶自獨憑欄。若果一年真一度，還勝人間。

浪淘沙　宫怨

丁澎

蟾吐玉階寒。翠袖低翻。每從花裏候龍顔。愛聽君王吹玉笛，倚遍欄杆。　新賜碧彄環。不道巫山。莫曾私幸尚衣班。生怕守宫痕漸落，幾度偷看。

浪淘沙　詠茉莉

邵錫榮

劈玉碎搓成。鵲腦香勻。紗幮籠罩短屏深。午夜碧欄風細細，約月留雲。　和露摘來新。朵朵輕盈。烏蠻小髻一叢春。梅喜寒時伊喜熱，同抱冰魂。

浪淘沙　有贈

沈豐垣

欹枕滯紅綿。積雨生寒。朝來强起看青山。細數春光將九十，幾箇晴天。　塵鏡黯朱顏。往事難言。匆匆彈指十三年。摘得青梅聊寄與，莫要心酸。

浪淘沙　無題

顧貞觀

錦字佩囊盛。密意分明。任卿卿我我卿卿。囑向人前須諱道，素昧平生。　消受得傾城。薄福微名。判將憔悴答娉婷。不是相思空負却，一世才情。

浪淘沙　不寐

張台柱

昨夜夢魂中。翠袖輕籠。月華低照錦香叢。若使伊家同此夢，也算相逢。　今夜恰惺憽。好夢無踪。孤幃寂寂聽寒蛩。一點漏聲千點淚，月挂疏桐。

浪淘沙　詠燕

華紹曾

燕子一雙雙。絮語相商。一春紅瘗落花忙。不管人愁來去慣，入幕穿窗。煙暖柳絲長。剪剪波光。舊時王謝總荒唐。訴盡東風渾不解，歸坐雕梁。

前調　初夏

聽盡賣花聲。怕説離情。薔薇猩血墮紅輕。三月江南春似海，化作愁城。時節换朱明。雨雨晴晴。夕陽天際暮山横。小院東風門不掩，啼老流鶯。

浪淘沙　珍珠蘭

郟武貞

葉嫩不禁寒。翠蓋團團。何年擕上玉闌干。小綴花枝金粟様，香滿人間。折得一枝看。彷彿猗蘭。珍珠小字莫輕彈。一點宫黄宜稱好，緑鬢朱顔。

浪淘沙　閒情

閨秀王　朗

疏語滴青薇。花壓重檐。繡幃人倦思懨懨。昨夜春寒眠不足，莫捲湘簾。羅袖護摻摻。怕拂香奩。獸爐香倩侍兒添。爲甚雙蛾長鎖翠，自也憎嫌。

浪淘沙　新秋

閨秀劉　氏

昨夜雨綿綿。寒澀燈煙。薄衾蕭索不成眠。曉起妝頭看曆日，換了秋天。緑葉尚新鮮。猶想爭妍。教他知道也淒然。眼底韶光容易過，樹且堪憐。

浪淘沙　春雨

閨秀龔静照

點點不禁寒。雨更溥溥。銷魂時候覺衣單。一夜梅花憔悴了，粉面闌珊。寂寞倚闌干。懶爇沉檀。年年此際黯然難。流水無情春已矣，真個心酸。

浪淘沙　遥别

閨秀趙阿雲

説甚麽團圓。一見猶難。淒涼和淚倚闌干。扯斷愁腸千萬縷，難繫征鞍。名利别離端。間阻儂歡。天涯須自强加餐。寄語支持雙鬢好，莫問儂安。

前調　閨怨

心債幾時勾。着甚來由。鋼腸寸寸爲伊柔。天樣花箋錐樣管，不盡離愁。話到舌尖頭。欲語還休。阿誰堪作寄書郵。端的喬才忘了呵，説也應羞。

河傳　金閶觀競渡

侯桂

木蘭艇子。輕陰摇拽。錦帆涇裏。照花鈿，紅膩一江煙水。鯉魚風漫起。插秧未半初晴雨。鼕鼕鼓。爭看龍孫舞。倚紅窗。藕絲裳。吴娘。雙蛾抹鬢長。

亦園詞選　卷四

梁溪侯文燦蔚醱選　同邑朱襄贊皇較

江月晃重山　初避人

董以寧

幾片桃花醲面，一圍蝶翅披肩。當初生小在人前。游郎到，迴避只今年。　飲笑央人索扇，低眸喚婢垂簾。猶飄紅袖出屏間。還偷戲，輕踢鳳鞋尖。

雙調望江南　戲贈

龔鼎孶

華燈畔，春眼溜微波。小閣名香籠繡帶，畫簾人影似輕羅。妙處不須多。　癡蛺蝶，生就繞纖蛾。玉碾蟾蜍天上夢，風憐翡翠座中歌。多事憶鸞靴。

雙調望江南　西山燒香曲　尤侗

侵早起，天色趁新晴。飛鬢斜拖雙燕翠，畫衣薄襯小鴉青。素裹玉丁丁。　迴鏡照，時樣稱人情。多分判教游子看，私先央及侍兒評。公論是輕盈。

雙調望江南　憶舊　高士奇

堪憶處，牆繞院西樓。紅樹窗前花鬪錦，碧天簾外月如鈎。時序總悠悠。　銷瘦了，少小舊風流。午摘珠蘭纔試浴，晚開茉莉更梳頭。同坐看牽牛。

雙調望江南　驚秋　吴啟思

秋已到，幽恨幾人知。去歲今朝花月夜，人間天上醉眠時。撫景緒如絲。　清露冷，河漢影遲遲。萬事回頭都是夢，一生着意半成癡。何處續相思。

雨中花　春夢

沈　謙

月冷梨花渾欲謝。没甚事、和衣睡罷。寶帳燈明，翠屏香裊，已在花陰下。獨行小逕心兒怕。
遥望見、玉簾低挂。寂靜無人，分明有路，隔着秋千架。

雨中花　夜懷

張台柱

暗竹敲風聲不定。越顯得、夜庭寂靜。塞雁來時，一天霜露，煙薄芙蓉冷。不對銀蟾嫌漏永。
空憶着、舊家門徑。翠幕籠香，紅燈映水，歸夢迷花影。

撥香灰　春恨

毛先舒

嫩黄楊柳東風後。熨未展、眉梢雙皺。猶記長條復短條，親折處、牽郎袖。隔年人面何如舊。
拖引得、紅僝緑僽。除却鞋尖似昔時，餘都是、今春瘦。

撥香灰　渌水亭春望

成　德

壚邊唤酒雙鬟亞。春已到、賣花簾下。一道香塵碎緑蘋，看白袷、親調馬。煙絲宛宛愁縈挂。剩幾筆、晚晴圖畫。半枕芙蕖壓浪眠，教費盡、鶯兒話。

減字南鄉子　美人四影詞

王　岱

夢轉西窗。剔盡殘膏卸夜妝。疑是離魂同倩女，微茫。分得儂身作一雙。背解羅裳。阿膝深含荳蔻香。略露雞頭新乳滑，難忘。隱約温柔在那鄉。

鷓鴣天　題畫

宋徵輿

妝束分明是内家。緑雲初綰倚窗紗。水晶簾底懸秋月，雲母池邊浸曉霞。紅襪小，翠裙遮。微風摇颺一鈎斜。無端記得春深淺，獨向空庭數落花。

鷓鴣天　昨夜　　董文驥

昨夜銀虬覺未長。合歡離席玉交觴。三聲碧樹留人夢，一點硃砂染妾腸。辭珀枕，去柔鄉。輕將別況不思量。烏啼山月疏鐘後，鳳脛青青冷半床。

鷓鴣天　閒情　　侯杲

閣外山横鬬晚妝。學儂時蹙兩蛾長。淒涼舊事瞞鸚鵡，瘦削花陰到海棠。燈漫炙，嫩添香。老紅羞月暈銀缸。寒多不禁春深淺，憑着鶯閒燕子忙。

鷓鴣天　新閨　　宋實穎

南浦驚鴻賦洛神。床前銀燭照佳人。海棠乍濕臙脂雨，荳蔻輕翻蛺蝶春。百寶帳，縷金裙。緑楊鶯囀畫堂曛。合歡羅勝初裁剪，低唤卿卿細不聞。

鷓鴣天　閨詠

黄　永

晚掠雲鬟上翠樓。腰肢嬌小不勝柔。明知無夢挑燈立，暗欲窺人趁月遊。新解恨，舊無愁。忽驚語笑却回頭。原來姊妹偏相惹，説起兒郎滿面羞。

鷓鴣天　歌館

吴棠禎

九曲溪邊翡翠舟。春山黛色入妝樓。櫻桃香淡人雙笑，楊柳煙輕月一鈎。初握手，再梳頭。愛他端正又風流。呼郎先向紅床宿，立在燈前半晌羞。

鷓鴣天　小鬟

張雲錦

一縷輕綃東杏衫。小鬟十五太驕憨。尊前催拍燒紅燭，花下窺人避彩蟾。心上事，可能諳。往來應自别猜嫌。知伊解識東風苦，落盡梨花不捲簾。

鷓鴣天　閨情

魏學洙

輕捲珠簾試晚晴。山煙高起水波平。花多墜粉三分瘦，蝶并遊絲一樣輕。人已去，意如酲。金錢何處卜歸程。黄鶯枝上休頻唤，人在遼西夢裏行。

鷓鴣天　春晴，和倫公韻

華文炳

又得溪山幾日晴。君將憔悴送清明。香風鷁尾雲間棹，初月蛾眉鏡裏人。兩岸柳，一隄鶯。年年春草逐愁生。斷腸詩句消魂語，獨自吟來獨自聽。

鷓鴣天　浴佛節虎丘悟石軒聽鶯

僧宏倫

麰麥芒垂縠雨晴。暖雲輕絮换朱明。十番畫鼓遊山檝，一簇花鈿浴佛人。香界寂，數聲鶯。落紅堆裏説無生。吴儂不及生公石，衹作尋常籠鳥聽。

鷓鴣天　泊舟臙脂港，相近小姑山

僧　鏽鐵

油碧春江柳拂隄。薺花風暖燕爭泥。山姑翠袖裁紅豆，漁父黃鬚賣紫鱭。看繫纜，日平西。港名何以叫臙脂。波神月底雲軿返，翠濕修蛾兩葉眉。

河傳　題美人早起圖

董以寧

小扣。輕袖。衣香堪嗅。推郎先起，再添紅獸。爲問荼蘼開否。拈花先浴手。學梳時髻疑偏墮。菱花座。側處疑添個。步蕉房。對碧窗。檀郎。看儂新樣妝。

河傳　又一體　櫻桃

陳維崧

丹顆。倭墮。雨瀟瀟。昨夜前村板橋。筠籃兩岸賣櫻桃。嬌嬈。玉纖曾亂招。搓挲替將金彈打。流鶯罵。含慣流丹液。妝閣東。颺晚風。朦朧。翠樓都染紅。

金鳳鈎　無題

孫暘

紅酥臉，波如醉。日亭午、梳頭還未。三春情況，幾般心事，盡在眉尖眼尾。繡牀抛却殘針黹。界杏腮、兩條粉淚。見人佯走，弓鞋欲褪。笑入碧桃花底。

鵲橋仙　閨情

彭孫遹

緑窗鴉噪，繡幃人起，畫得眉兒一半。檢奩尋着去年書，又側坐、孜孜偷看。冷風入幕，殘花滿地，欲炷沉香意懶。回身却顧小青衣，問雲鬟、可曾吹亂。

前調　清明

煙蕪瀉浪，晴川鋪練，一陣風來吹皺。韶光百五禁煙時，又過了、幾番花候。夭桃染暈，垂楊添綫，萬點春光泄漏。口噙紅豆寄多情，爲誰把、相思嘗透。

鵲橋仙　春恨

沈　謙

黄鶯不語，緑陰漸滿、猶見蝶翻金翅。半林斜日捲簾櫳，生怕惹、輕寒着體。慵拈翠管，惟親珊枕，病裹思君如水。春蠶春柳本無情，也學我、三眠三起。

鵲橋仙　繡履

朱彝尊

湖菱烏角，渚蓮紅瓣、不比幫兒還瘦。拈來直是小舠船，只合借、燈前行酒。春陽花底，春泥陌上，最好踏青時候。假饒無意把人看，又何用、明金壓繡。

鵲橋仙　幽會

張台柱

山凝愁黛，花生笑頰、獨倚朱樓闌角。眉頭眼底自關心，倒喜你、人前冷落。花陰月轉，銀壺漏下，繡户深垂珠箔。牽衣何事不回身，有一點、銀釭照着。

前調　閨情

朝朝望斷，年年信阻，畢竟爲誰留戀。衡陽飛雁去還來，偏是你、山遥水遠。　低垂翠袖，輕彈紅淚，側着身兒不轉。顰眉懶去訴相思，但擲與、羅巾教看。

鵲橋仙　晚浴　　毛際可

青絲半挽，羅襦乍解，恰趁房櫳初靜。何須荳蔻煮湯温，羡粉汗、微微香凝。　芭蕉滴雨，梧桐翻露，窗外似來人影。唤回小玉自垂簾，恐費却、檀郎金餅。

鵲橋仙　小閣　　錢曾

輕匀粉面，斜梳蟬鬢，小閣妝成獨坐。東風幾陣蕩簾鈎，捲無數、楊花飛過。　閒庭草緑，紗窗人靜，只有燕兒和我。暗將春恨數從頭，恰恰被、鶯聲啼破。

虞美人　端午　陳維崧

硃砂揿入銀壺酒。此意郎知否。與郎染就好心腸。休戀菖蒲北里、別家香。粉和冰麝金盤内。雨過荷珠碎。一生多子是紅榴。更愛萱花小字、號忘憂。

虞美人　臨風寄語　董以寧

花陰空覆鴛鴦寢。寒入紅衾凜。早知好事付秋風。何似當初、索性不相逢。聞伊別後思量意。竊自沾沾喜。累伊憔悴倍心傷。又望伊家、索性不思量。

虞美人　晚妝　柳　葵

啼殘香夢鶯無賴。紅玉痕猶在。起來無力倚妝樓。偏怪雙鬟不住、喚梳頭。蛇蟠新樣青絲膩。拂拂香風細。蜻蜓裊裊上金釵。剩却遠山眉黛、等郎來。

虞美人　無題

宋徵輿

無星無月無風夜。香露襟前瀉。瓊窗寶帳兩重重。忽透明燈一綫、玉顔紅。嬌花弄影愁經雨。怯盡當春舞。五更不語吐幽蘭。此際雲深巫峽、幾時還。

虞美人　題美人聽月圖

朱　瀾

西風明月三更夜。人在梧桐下。問伊何事太沉吟。似聽隔牆深院、理瑶琴。當時傾國憑紈素。小擬長門賦。舊愁新恨總消除。肯向石家金谷、换明珠。

虞美人　春歸

僧宏　倫

絲絲小雨濛濛絮。難挽春光住。而今我也索憑他。一任杜鵑啼上、杜鵑花。桑陰兩兩提筐女。笑問春歸去。輕寒做暖困人天。怪得吴蠶三浴、柳三眠。

虞美人　憶舊　閨秀朱中楣

春明一別魚書悄。紅淚霑襟小。却憐好夢渡江來。正是離人無那、倚妝臺。朱欄碧樹江南路。心事都如霧。幾時載月向秦淮。收拾詩囊畫軸、稱心懷。

虞美人　晚秋　閨秀張昊

楓林昨夜多涼雨。籬菊欹新露。疏枝無力倚西風。者是斷腸花瘦、與人同。憑欄不語心何已。又見吟蟲起。今年底事忽多愁。怪他凄凄暝色、滿層樓。

南鄉子　子閑連納雙姬　錢繼章

茉莉晚涼天。角枕横施壓鬢蟬。郎似西陵潮有信，誰先。妾似初生月半弦。旖旎若爲憐。不辨巫峰與洛川。妾似芙蕖花上露，誰妍。郎似荷珠到處圓。

南鄉子　春暮

梁清標

深院雨廉纖。燕子飛來故傍檐。清晝困人無氣力，酣酣。淺暈腮痕印枕函。新樣剪輕衫。獨立凝妝倚鏡奩。聞道春風將暮也，厭厭。開盡桃花不捲簾。

南鄉子　秋閨

杜　濬

記得藕花新。香汗微微印簟紋。一別光陰經幾許，秋分。月照空床半枕魂。霜雁不堪聞。簾幕中間菊又芬。菊不似人人似菊，傷神。菊瘦何曾爲憶人。

南鄉子　春閨

秦松齡

小閣起來遲。鏡裏春愁結亂絲。簾外落花應訴與，尋思。春色何曾綰別離。枉自度芳時。待研銀箋寫恨辭。此恨不隨花絮盡，禁持。莫使梁間燕子知。

南鄉子　閨中元旦　　尤侗

燈下了妝奩。玳瑁堂前春色添。萬福歸來無一事，憨憨。自揭薰籠換繡衫。迎喜出門檐。笑看家家下竹簾。瓜子滿階人莫掃，纖纖。曾帶脂香唾舌尖。

南鄉子　雨　　邵錫榮

斜點撲簾鈎。撥瞑撩寒懶下樓。攪得夢魂零碎了，悠悠。何況今宵已是秋。和淚到心頭。做弄離聲未肯休。窗外芭蕉關甚事，颼颼。也與儂家一樣愁。

南鄉子　冬詞　　李雯

斗帳欲温香。池上冰紋樓上霜。半嚲緑雲無意綰，思量。翠袖深深玉指長。斜日又西黄。匼窄銀屏小洞房。折得梅花和影瘦，淒涼。簾幕風高斷雁行。

南鄉子　夜雨，續補小青詞

閨秀　謝小湄

弱質苦難扶。家住孤山人更孤。數盡懨懨深夜雨，無多。也只得一半工夫。雙淚落龍梭。寫就新詞調不和。繡枕冰寒眠不穩，憐吾。更鼓敲殘夢也無。

天台宴　催妝

蔣平階

晚雲低映桃花路。雲外雙軺度。春風一派玉塵涼。吹爾落璚房。是仙鄉。漫綰綢繆縷。結下同心苣。覷人惟覺黛蛾長。認得蓬山深處舊鸞鳳。好思量。

木蘭花　閨晚

毛先舒

閒庭悄立愁時候。秋色滿階花似繡。月明背着陡然驚，不信我真如影瘦。嘹嘹孤雁丁丁漏。又是三更街鼓後。露珠珠淚一般多，誰濕銀紗衫子袖。

明月棹孤舟　舟歸

邵錫榮

盪槳妖姬年紀小。扁舟載得愁多少。雨後芙蓉，風前楊柳，盡不及儂顏好。似洛神、凌波縹緲。唱一曲、吴歌聲杳。纔過横塘，又來斷岸，莫容易撑開了。

步蟾宫　無題

沈爾燝

玉河細蹀人歸後。看孃孃、素鞭垂手。宿妝殘處半横秋，扶不定、永豐新柳。誰家紅押門環獸。悄拉下、軟靴春瘦。蕭郎裙屐暗相兜，掩着香羅袖口。

步蟾宫　代州伎

朱彝尊

疏簾日影纔鋪地。却早被、金鈴唤起。朝雲一片出巫山，盼不到、黄牛峽裏。仙源乍入重門閉。任閒煞、桃花春水。劉郎去了阮郎歸，算只有、相如伴你。

步蟾宫　席上和錫鬯

沈岸登

雪花未淨侵階滑。奈小小、鵶頭羅襪。惱人三五月朦朧，數不定、風鬟十八。歌闌纔把觥籌撒。聽去也、一聲愁煞。樽前相對且無言，又那得、相思書札。

舞春風　無題

沈雄

彩雲何幸下巫山。蒨影娉婷好自看。挽髻愁寬金絡索，解襦牢記玉聯環。櫻桃茜口名爲素，楊柳纖腰號曰蠻。饒有柔腸能婉戀，破瓜年小殢人頑。

一斛珠　席上

黄京〔一〕

朱柔粉弱。羅香澹拂新梳掠。撩人全在嗔人謔。酒沁紅腮，强把金尊却。秋波偷送今宵約。芳情又怕人知覺。乍涼不耐衫兒薄。佯拍伊肩，倩剪燈花落。

【校】

〔一〕原作「黄點」，據清順治十七年刻本《倚聲初集》改。《倚聲初集・爵里》：黄京，初子，武進人。太倉籍。有《續花菴詞》。

梅花引　客宵

僧宏倫

春歸去。愁無緒。櫻桃枝上紅蘇雨。小屏山。獸香殘。鄰窗剪尺，喁喁語夜闌。空辜燕子梨花夢。貼地香綿霑露重。一燈昏。掩重門。數聲杜宇，月斜江上村。

踏莎行　無題

王庭

曲徑迷苔，小池明練。春風誤入深深院。飛來多半是桃花，却教相見羞人面。怨徹銀箏，香銷翠鈿。池邊依舊飛雙燕。愁來只自倚樓看，闌干十二相思遍。

踏莎行　村女

丁澎

淺碧藏鳩，亂紅吹絮。疏疏幾陣催花雨。小橋一帶種桃花，花邊便是兒家住。近水湘簾，幾重春霧。鷓鴣聲裏人何處。月明偷出浣溪沙，笑將花影同歸去。

踏莎行　閨情　王士禛

儂見猶憐，郎楚楚宮眉，盈盈笑靨。秋千懶蹴心情怯。行來窗下弄霜毫，無端搨得雙蝴蝶。知定竊。密藏深貯防偷奪。待將人靜體佳時，調鉛細細添花葉。

踏莎行　春暮　彭孫遹

尺五樓臺，鞦鶯擲金梭，柳拋翠縷。盈盈嬌眼慵難舉。落花一夜嫁東風，無情蜂蝶輕相許。韆笑語。青鞋濕透胭脂雨。流波千里送春歸，棠梨開盡愁無主。

踏莎行　踏青　張光緯

襪沁香泥，腰夢入花谿，愁迎柳岸。妝成女伴遥相喚。重臺小様試芳郊，輕風乳燕剛春半。融微汗。柔荑數向池邊浣。傷心舊日牡丹臺，壁間題字苔痕斷。

踏莎行　詠帳鈎　陳維崧

玉色無痕，粉光欲砑。一生管住春風罅。紗廚凝望碧如煙，憐伊蕩漾何曾挂。　顫處輕盈，控來低亞。流蘇絡在銀毬下。月明風細漸琮琤，依稀似説春宵話。

小重山　閨情　李天馥

樓掩瀟湘紅網間。芙蓉金屈戌、錦交關。黄星壓鞾夕陽山。臨晚鏡、無計避孤鸞。　綵緤石榴班。銀泥蝴蝶小、玉弓寒。香階偶立不知還。徘徊久、端爲出來難。

小重山　得友人書　毛奇齡

青鳥銜來雙錦鱗。背人佯撇下、小重茵。口脂紅淺浥香津。緘題處、印得指螺新。　素字小泥銀。簪花新樣巧、衛夫人。鴛鴦格子剪江蘋。波紋細、恍見淚粼粼。

小重山　春閨

張渊懿

日染花枝露欲收。輕攏殘鬢影、不梳頭。曉風催燕出紅樓。欹翠羽、雙剪蹴簾鈎。　無計送離愁。闌干空遍倚、幾時休。煙波摇蕩渡前舟。楊柳外、春浪拍天浮。

小重山　秋閨

張雲錦

旅雁南來已暮秋。心中説不盡、許多愁。無端翠被冷香篝。思多少、好夢不曾留。　獨倚小樓頭。誰家吹玉笛、恨悠悠。舊時行樂已應休。西風惡、吹響畫簾鈎。

小重山　夜繡

高　曜

風定湘簾榫燭齊。按檠還理繡、夜淒其。香肩微嚲翠蛾低。交枝上、小鳥正雙棲。　河淡月沉西。迴文剛織就、又重題。欲箋情事恐人知。停針處、一一寄相思。

小重山　惜春

蔣會貞

無數遊絲裊碧空。飛飛雙燕子、入簾櫳。桃花如雨夕陽中。風定處、芳草襯殘紅。何事最愁儂。留春春不住、小眉峰。輕寒不覺減香筒。人去後、長自捲簾櫳。

小重山　初夏

閨秀嚴曾杼

開盡薔薇春已休。纍纍青杏子、綴枝頭。閒庭風漾柳絲柔。鸚哥睡、歸燕響簾鉤。獨自上高樓。迷離煙雨外、遠山浮。爐灰强撥坐忘憂。長日靜、六幅畫屏幽。

惜分釵　閨情

董以寧

予心曲。人如玉。櫻桃血濺裙兒幅。舊時心。別時吟。步韻難工，險韻難成。生。生。腰如束。眉低蹙。吹簫又下屏風曲。別時盟。見時情。呼儂有字，喚汝無名。卿。卿。

臨江仙　有懷

閨秀鄒　氏

粉蝶雙飛花並蒂，人生偏有離愁。杜鵑催去鷓鴣留。綠楊搖拽，難挽木蘭舟。　水闊山遥空目斷，年時絲雨紅樓。别來一日似三秋。海棠開盡，眉黛不曾鈎。

花間虞美人　豔情

金是瀛

沉香薰罷垂羅幌。月在青苔上。玉人添線繡鴛鴦。簾櫳夜半遠燈光。透微茫。　醉來偷步紅軒下。滿架花相亞。此時何計度殷勤。謝家池館鎖深春。見無因。

一翦梅　閨詞

梁清標

宛宛冰輪上畫樓。聽罷更籌。薰罷衾裯。畫眉人是舊風流。對面温柔。背面嬌羞。　雙結燈花兩意投。一晌低頭。半晌迴眸。玉猊煙冷睡還休。倚了香篝。褪了蓮勾。

一翦梅　無題

顧貞觀

一道銀牆界粉真。宋玉東鄰。阮籍西鄰。好花如霧看難親。鏡裏分身。畫裏全身。收拾風光卧錦茵。病渴前春。病酒今春。劇憐鶯語太殷勤〔一〕。昨日歸人。明日離人。

【校】

〔一〕「劇憐」原作「劇鄰」，據清乾隆刻本《彈指詞》改。

一翦梅　春夜

徐釚

細雨廉纖自掩門。生怕黄昏。又怕黄昏。鴛鴦枕上拭啼痕。多少殘春。斷送青春。紅燭和愁一様新。剪得三分。減得三分。落花如夢不逢人。未是消魂。已覺消魂。

一翦梅　無題

閨秀徐燦

春光九十已全抛。留也魂消。送也魂消。東君傳語謝妖嬈。去也無聊。住也無聊。玉床香被展輕綃。長也今宵。短也今宵。愁紅休怕綠陰交。早也明朝。遲也明朝。

一翦梅　清況

閨秀賀潔

髻子鬅鬆掩鏡奩。花也慵拈。香也慵添。倚闌終日病懨懨。風自開簾。月自穿檐。一庭芳草綠鋪氈。紅杏初甜。斑笋初尖。倦扶雛婢望銀蟾。鳥影兼兼。柳影纖纖。

釵頭鳳　閨怨

梁清標

簾櫳悄。流蘇小。薰籠斜倚香還裊。歡方嫩。愁來頓。纖腰非舊，湘裙爭寸。褪。褪。褪。釵輕掉。梅如笑。銀釭生暈燈花爆。春將近。鴻無信。天涯人遠，金錢難問。恨。恨。恨。

釵頭鳳　戲贈陳伯騶小史

曹溶

紅窗曉。青簾繞。王孫自合憐花草。吳閶路。閶江渡。行雲易剪，去帆難泝。故。故。故。靈犀早。含香小。仙郎那讓麻姑爪。燈微露[一]。帷深護。乞解湘裙，恣看蓮步。誤。誤。誤。

【校】

〔一〕「微」原作「惟」，據清康熙刻本《瑶華集》改。

釵頭鳳　冬閨

吴綺

燈花滴。爐香熄。屏風靜掩遥山碧。簫誰弄。衾長空。五更簾幕，月和霜重。凍。凍。凍。

閒尋覓。無消息。淚痕冰惹紅綿濕。愁難送。情還種。巫雲昨夜，同騎雙鳳。夢。夢。夢。

釵頭鳳　豔情

陳維崧

薔薇罅。鞦韆架。中門闔鎖聲纔罷。粉牆側。銅扉直。記來約略，行來疑惑。黑。黑。黑。

幽窗下。紅燈射。夜闌緑水昏如畫。花紋槅。玲瓏極。剪刀尚響，冠兒未摘。嚇。嚇。嚇。

釵頭鳳　閨情

萬樹

鬟垂綹。衫移鈕。一春閒却瑶箏手。風簾罅。燈花謝。金錢擲向，小窗占卦。下。下。下。

新豐酒。章臺柳。問他猶記人兒否。從前話。題羅帕。柔情終在，薄情難罵。罷。罷。罷。

唐多令　雨思　單恂

簾院午陰長。櫻桃糝徑香。便清明、晴了何妨。燕帶濕紅來上壘，花瘦也、猛思量。　除是好韶光。柳條能繫將。軟春絲、鬆得春忙。判却短帆拖着雨，芳草外、醉鵝黄。

唐多令　孤館　宋琬

窗外雨澌澌。涼颸戛竹枝。懶征鴻、唤起魂癡。安得波斯千里鏡，重照見、曉妝時。　孤館被秋欺。啼螿攪夢思。寫離愁、空費烏絲。縱有金針五色線，穿不起、淚珠兒。

唐多令　初春　朱彝尊

疏雨過輕塵。圓莎結翠茵。惹紅襟、乳燕來頻。乍暖乍寒花事了，留不住、塞垣春。　歸夢苦難真。别離情更親。恨天涯、芳信無因。欲話去年今日事，能幾個、去年人。

唐多令　送次山

僧 繡鐵

庭草軟于茵。簾光映縠紋。記花朝、風雨連旬。賣到杏花來燕子，已過了、二分春。　春夢不分明。春陰强做晴。便春愁、也似無因。報道西鄰船泊岸，來約我、送行人。

唐多令　秋宵

閨秀 葉小鸞

燈暈伴殘更。蕭蕭落葉輕。訴窮愁、草際蟲聲。欄外芭蕉新嫩緑，仍做出、舊秋聲。　羅被夜涼清。淒然夢亦驚。透紗窗、月影縱橫。幾遍雞聲啼又曉，空蹙損、兩山青。

唐多令　感懷

閨秀 徐燦

玉笛送清秋。紅蕉露未收。晚香殘、莫倚高樓。寒月羈人同是客，偏伴我、住幽州。　小院入邊愁。金戈滿舊遊。問五湖、那有扁舟。夢裏江聲和淚咽，何不向、故園流。

蝶戀花 送春

龔鼎孳

簾外遊絲飛未了。打疊閒愁，斷送啼鶯曉。一曲畫闌銀月小。玳床人倦殘春杳。生怕金鈴催宿鳥。叫過三更，月與花都少。斜倚博山幽恨悄。雙眉做就堆煩惱。

蝶戀花 閨情

王彦泓

睡思懨懨鶯喚起。簾捲西風，猶未歡梳洗。眼細眉長雲擁髻。笑垂羅袖薰沉水。媚態盈盈閒舉止。只有紅梅，清韻能相比。笑向檀郎詞内意。芳心透出眉尖喜。

蝶戀花 曉起

沈謙

金鴨香寒褰繡帳。簾外鴉啼，簾内燈還亮。待要起來仍勉强。又偎珊枕低垂項。殘夢暗思心悵怏。湖雨湖雲，并在心兒上。凍勒小梅紅未放。無言淡日高三丈。

蝶戀花　春閨

陳維崧

曉起春酥呵又凍。風捲西樓，似怯紅欄動。欲倚自憐無與共。和愁況自纖腰重。花影看看移半縫。呆覷庭陰，蹴損鞋尖鳳。莫怪難憑惟好夢。鵲聲也把愁人弄。

蝶戀花　夏夜

成德

露下庭柯蟬響歇。紗碧如煙，煙裏玲瓏月。並着香肩無可說。櫻桃暗吐丁香結。笑捲輕衫魚子纈。試撲流螢，驚起雙棲蝶。瘦斷玉腰沾粉葉。人生那不相思絕。

蝶戀花　閨詞

蔣景祁

碧玉年華心自捧。欲寄花鈿，侍女難傳送。無賴春風疑妬寵。斷腸吹損羅裙縫。說道莫愁愁却重。窗外誰來，鳥踏花枝動。空有石邊紅雨凍。入簾燕語如猜夢。

蝶戀花　留春

諸　棟

春到小庭春事晚。趲緑零紅，無計將春挽。一剪輕風如絮軟。簾前糝遍梨花瓣。杜宇月斜啼也懶。拚得無眠，整把春歸盼。暗裏韶光容易返。曉妝人起春山淡。

蝶戀花　春閨

路有聲

春色撩人人似醉。鶯燕無情，攪得人無寐。雲鬟玉釵斜欲墜。梨花滿地殘香碎。薄倖不來來也未。强起裁詩，欲倩鱗鴻寄。有限鸞箋無限意。能書幾個相思字。

蝶戀花　和漱玉詞

王士禛

涼夜沉沉花漏凍。欹枕無眠，漸聽荒雞動。此際閒愁郎不共。月移窗罅春寒重。憶共錦衾無半縫。郎似桐花，妾似桐花鳳。往事迢迢徒入夢。銀箏斷續連珠弄。

蝶戀花　滿妝

張淵懿

盤頭鬢髮新編綴。翠簇珠攢，壓鬢香貂膩。宫樣雲袍長窣地。桃花細馬玲瓏轡。　窄窄錦靴銀燈墜。面澤唇朱，香色天然麗。不道客懷牽惹易。金魚池上群遊戲。

蝶戀花　春曉

閨秀　徐燦

剩紫殘紅能幾許。曉枕驚回，無奈紛紛雨。雨過柳風吹不住。不吹愁去吹春去。　莫怪東君分別遽。鏡懶釵慵，不是留春處。嫩葉漸看成緑霧。須臾便有秋霜妬。

遐方怨　别情

董元愷

釵影亂，鬢雲横。五更鐘易曉，一夜月偏清。匆匆未訴别離情。别離滋味又分明。　芳草路，短長亭。低徊千萬意，將息兩三聲。臨行細細問郎程。夢中還擬傍郎行。

遐方怨　閒情

葉　燮

妝未了，日高升。菱花眉暈小，蘭葉鬢雲横。簾通煙篆曉痕平。寶釵斜膩墜無聲。　春漸老，帶圍輕。簷鵲頻偷報，應知鬬草贏。晝長無事理銀箏。困人疏雨在長亭。

臨江仙　巖山道中

許大就

麥浪翻空天在水，豔陽却喜新晴。草如茵處任車行。漫摇紈扇小，初試夾衣輕。　人與春光俱易老，佳時又過清明。楊花吹徹小池萍。遥知深院静，梅子一星星。

臨江仙　詠十姊妹花

嚴泓曾

小院簾櫳春婉娩，枝枝爭倚斜陽。同根標格亦相當。只爭深與淺，一様内家香。　顧影垂鬟看並立，此情一晌難忘。小姑居處本無郎。問君廝守意，可要斷人腸。

臨江仙　別意

華文炳

畢竟今朝留不住，隨郎且下西舟。平分離恨與郎謀。舊愁郎自認，容妾認新愁。　誰道愁來還合并，欲分新舊無由。無情最是木蘭舟。趁潮過浦口，流淚滴磯頭。

臨江仙　無題

鄒溶

露下曲欄看月轉，淚彈不盡羅衣。粉香零落舊薔薇。雙鬟增嫵媚，只是蹙愁眉。　人說夢中容易見，如何夢裏分離。薄寒衾枕悄思維。感卿一笑意，打點斷腸時。

臨江仙　春懷

閨秀湯萊

長憶江南春色好，杏花天氣清明。紅窗睡醒聽流鶯。滿庭芳草碧，拂檻柳梢青。　燕子不知人事改，說來舊事星星。隔牆風送賣花聲。阮郎歸未得，誰與訴衷情。

臨江仙　無題

閨秀沈樹榮

草草妝臺梳裹了，曲欄杆外凝眸。年光荏苒又深秋。一番風似剪，兩度月如鈎。　病裹高堂頻囑道，而今莫更多愁。當時檢點也應休。重新來眼底，依舊上眉頭。

臨江仙　詠臘梅

閨秀吴　沄

百卉雕傷花事盡，臘中獨自欹斜。幽香清韻總無加。紫心羞向我，檀口不如他。　願折一枝供寂寞，堪憐護着窗紗。此花開後更無花。不嫌妝閣冷，長伴過年華。

臨江仙　舟中作

女僧舒　霞

問却此身滄海外，帆輕不計途長。村村樹色染秋霜。波漂菰米熟，風送野花香。　蓼渚蘆灣何處宿，狎鷗一樣行藏。十年前事已相忘。只愁今夜夢，隨月到家鄉。

金門賀聖朝　夏夕雨

沈　謙

炎威逼。火雲萬朶俄成墨。電掣金蛇江樹黑。天河直下夜深寒，把煩囂都滌。　半掩羅幃暫息。簾外碧梧如拭。隱隱殘雷無氣力。暗思玉簟嚲煙鬟，料今宵眠得。

繫裙腰　詠裙

陳維崧

滿園草色綠迢迢。都吹上、小裙腰。棲鸞宿蝶風流甚，暗暈紅潮。輕颺處，稱垂髫。　有時沉在簾兒底，依稀微露輕綃。隔花繡帶無風轉，淺立春宵。想應拂遍，落梅嬌。

好女兒　本意

汪懋麟

十五芳時。梳掠纔宜。終日箇、凝妝渾未解，但閨裏熏香，窗前傅粉，鏡内修眉。　問着佳期不語，紅兩頰、故嬌癡。獨何事、背人閒刺繡，偏蝴蝶雙飛，鴛鴦比翼，桃李連枝。

撥棹子　采蓮

萬樹

籠臂雪。金條脱。桃葉桃根雙畫檝。驚起箇、魚兒潑剌。將輕浪、濺濕湘羅裙數褶。香風密處沙棠歇。阿姊采花儂采葉。姊道是、紅雲親折。儂却是、折得一輪青底月。

蘇幕遮　杜鵑

丁澎

杜鵑花，杜鵑鳥。鳥在花間，血淚和花叫。只説不如歸去好。賺得春歸，花鳥都知道。枕邊頻，枝上悄。一樣名兒，何事雙雙鬧。恨不將花團做鳥。鳥歇花殘，春去多時了。

蘇幕遮　閨情

沈謙

燕聲嬌，花影碎。日過窗西，猶自懨懨睡。一線情絲常似醉。九十春光，半擁鴛鴦被。靨綃紅，眉斂翠。濕透羅巾，總是多情淚。説與東風多不會。鏡子裙兒，曉得人憔悴。

蘇幕遮　離情

萬樹

彩分鸞，絲撚藕。且盡今宵，且盡今宵酒。門外驪駒聲早驟。惱殺長亭，惱殺長亭柳。倚秦箏，扶楚袖。有個人兒，有個人兒舊。相約相思須應口。春暮歸來，春暮歸來否。

蘇幕遮　春夜

成德

枕函香，花徑漏。依約相逢，絮語黄昏後。時節薄寒人病酒。剗地梨花，徹夜東風瘦。掩銀屏，垂翠袖。何處吹簫，脉脉情微逗。腸斷月明紅荳蔻。月似當時，人似當時否。

蘇幕遮　鞦韆

顧戩宜

緑楊樓，紅杏榭。燕掠花梢，倒挂斜陽下。錯認垂鬟妝墮馬。何處春園，兩兩秋千打。綵爲繩，花作架。羅襪輕勻，柳浪迎風也。畫鼓繡旗人暗下。一捻香酥，暈得春無價。

蘇幕遮　曉起

丁焯

碧幃深，綃被暖。到枕流鶯，只向夢中唤。日瑩小屏宫錦燦。簾外遥山，一抹煙鬟亂。倒紅螺，遺翠鈿。昨夜歌喉，纍纍珠成串。滿院緑陰人不見。風颭柔紅，隱約桃花面。

漁家傲　適從潯陽歸

僧纑鐵

天樣離懷無處説。杜鵑祇解催歸切。歸到家山花事畢。桐陰密。小窗睡起三竿日。黄鳥頻啼嘲倦客。紅蕉點露茶煙濕。蒨煞春江眉樣碧。翻相憶。小姑送我臨波立。

踏莎美人　詠茉莉

諸棟

冷韻凌風，清標凝雪。縞妝素女迎秋立。摘來香共鬢光摇。捧出月明滄海、泣鮫綃。一點冰心，半杯茗汁。待伊歸把塵襟滌。人間煙火味全消。只伴葛衣涼夢、夜迢迢。

促拍醜奴兒　獨夜

董元愷

獨自倚山樓。孤眠晚、簟縠紋流。一天愁緒千行淚，絲絲點點，舊愁如雨，新雨如愁。燈影怕凝眸。人影寂、衾影還留。雁聲嘹嚦蛩聲怨，竹聲淒切，泉聲嗚咽，齊到心頭。

明月逐人來　吴門舟中月

陳　枋

百無一可。緙衫欹卧。狂風度、月來雲破。柳絲低挫，影向蓬窗簸。着意把淒涼作。樓左清光曾墮。攤書賭和。映牆頭、完成幽課。而今簾底，應傍玲瓏坐。莫詠江楓漁火。

定風波　納涼

尤　侗

不着衣衫不掃妝。薰風寂寂怯斜陽。安得芳姿乞作婢。喚至。手將團扇扇王郎。却羨摩訶池上路。行去。花梢口吸露珠涼。攜手歸來竹簟睡。枕臂。玉魚吐出口脂香。

亦園詞選　卷五

梁溪侯文燦蔚畯選　門人陸大成价藩較

鳳銜杯　無題

丁澎

屏前私結今生願。憶不了、當初歡怨。正生小俱癡，尋花逐蝶爭閒玩。只避得、人前眼。到如今、全不管。恁心情、風兒吹斷。將拭淚雙綃，斷腸一紙交伊看。怎推得、無人見。

鳳銜杯　游山即事

陳維崧

香紅暖翠風吹散。依舊在、心頭嵌滿。恰殘夢懵騰，牆圍青粉誰家館。正隔水、飄歌板。柳絲樓、梨花苑。雨濛濛、畫船歸晚。剩薺菜連天，檀心嬌煞無人管。黄了春城一半。

鳳銜杯　蛺蝶花　蔣景祁

雙翅垂垂低飛樣。有千種、輕盈難狀。任嬌小吴姬，薄羅扇子微微颺。看撲倒、原無恙。　菜花風、楊花浪。榆花莢、桃花門巷。問何處飛來，莊生曉夢魂飄蕩。渾落在、青苔上。

月上紗窗烏夜啼　冬至　丁澎

猊毬香細熨紅潮。初雪上梅梢。斜拋雙剪裁金勝、拭花翹。看取釵頭占出、内家嬌。　唇朱淺約紅蕤冷，爲誰怯、瘦盡宫腰。繡工一線新添却、恁無聊。從此春愁千縷、倍難消。

醉春風　私調　彭孫遹

半妥偏荷髻。小立朱扉裏。妙齡取次問伊行，幾。幾。幾。緑似珠鮮，碧同玉豔，一般年紀。　香臂紅妝膩。秀黛青煙細。不知曾否破瓜無，未。未。未。今夜羅幃，月明人靜，怕難迴避。

醉春風　春情

吴　綺

春到誰寧耐。羞結泥金帶。香篝倚處獨含顰，㬈。㬈。㬈。滿院苔圓，半簷榆小，有愁難買。
密約勞擔待。鸚鵡都無賴。隔簾小玉悄聲傳，咳。咳。咳。花影頻摇，月紋如動，那人簾外。

酷相思　憶舊

董元愷

小院深深簾影悄。心字篆煙微裊。聽琵琶、欲撥相思調。花前也、微微笑。樽前也、微微笑。
到得而今分散了。蠟淚溶溶曉。便夢中、有路渾難到。春來也、儂知道。春歸也、儂知道。

酷相思　春暮

史惟圓

吹落殘花飛却絮。只留得、遊絲住。看門外、緑楊芳草路。春到也、絲絲雨。春去也、絲絲雨。
翠管紅絃愁裏度。怕聽鶯鶯語。傷往事、空隨流水去。酒醒也、知何處。夢醒也、知何處。

酷相思　湖口　朱彝尊

社鼓神鴉天外樹。見渺渺、江流去。向晚來、石尤君莫渡。大姑也、留人住。小姑也、留人住。
杜宇催歸朝復暮。轉把歸期誤。儘燈火、孤篷愁幾許。風急也、聲聲雨。風定也、聲聲雨。

侍香金童　戲代　董以寧

記得當初，三滴蓮花漏。郎早向、湖山低咳嗽。欲怒還憐須索又。眉皺幾回，把蕭郎咒。待
別來纔信，郎言都是謬。應不爲、蕭郎霜雪守。自怪與郎何太厚。到得相逢，又還依舊。

喝火令　無題　朱彝尊

荳蔻熏香匳，檳榔潤小唇。丫蘭斜插暈妝新。輸與金錢多少，看取浣花人。無意曾窺宋，多
愁易感甄。畫樓蠻蠟射南鄰。那不當窗，那不捲簾頻。那不收燈時候，月底踏芳塵。

品令　幽懷

丁澎

手撚相思子。覷瑣閣、深難寄。知他倦倚，藥欄香裊，蹙殘眉翠。九十春光，添做百分憔悴。
此情知未。向伊説、從何起。不如除却，今番慢把，相思再理。何處安排，醉裏愁裏夢裏。

風中柳　別意

尤侗

郎上長安，怎好説些煩惱。但叮嚀、馬蹄芳草。自來月下，把淚痕偷告。夢兒中、教郎知道。
一紙家書，不覺低鬟微笑。報平安、歸期尚杳。金釵翠鳳，送香車須早。怕春去、燕殘鶯老。

風中柳　送春

吴逢原

庭畔薰風，吹落隔宵花皺。欲簪時、釵兒不受。一春花事，問榆錢沽否。只留些、挂將楊柳。
不理朝鬟，判得日長廝守。倩鄰姑、速將春繡。春今歸也，怕儂心還有。怎守個、明春消瘦。

風中柳　初夏

閨秀朱中楣

滿地榆錢，恰是贖將春去。亂紅飄、殘鶯無語。薄情春去，又值黄梅雨。燕慵飛、繡簾偷覷。
嗔婢垂簾，幾向枝頭如訴。故銜泥、把花箋污。晚香浮處，見薔薇半吐。翠煙鎖、一林飛絮。

解珮令　牆外聞歌

吴本嵩

溪光千頃。山光千頃。暮春光、麥花千頃。麥浪西灣，有翠竹女牆斜整。悄無人、反門曲徑。
鵾絃隱隱。鳳簫隱隱。燕鶯聲、高低隱隱。五尺牆頭，把千尺春愁圍緊。恨東風、去來不定。

行香子　畫美人

季振宜

煙樣羅裯。月樣銀鈎。人立處、風景全幽。誰將紈扇，細寫風流。有一分水，一分墨，一分愁。
天街似水，迢迢涼夜，十年前事上心頭。雙飄裙帶，曾伴新秋。在那家庭，那家院，那家樓。

行香子　離情　丁澎

纔住香車。忽過平沙。片時間、人遠天涯。今宵好夢，何處尋他。但一更鐘，三更雨，五更鴉。
愁對飛花。怕見殘霞。別離情、付與琵琶。斷魂江上，吹落誰家。正夢兒來，燈兒暈，枕兒斜。

行香子　小院　彭孫遹

小院殘春。金鎖重門。花陰裏、槅子回紋。彈琴清夜，待月黄昏。想那時情，那時事，那時人。
三年一瞬，兩情千里，似蓬斜、飄泊江村。淒涼玉樹，慘淡金尊。看燈如雨，雨如夢，夢如塵。

行香子　怨別　張鳳池

玉漏聲遥。寶篆煙飄。這離愁、酒也難消。風吹銀蠟，被冷冰綃。奈夜偏長，夢偏杳，漏偏高。

未定今宵。先憶明朝。曉妝闌、雙黛難描。封題錦字，好寄雲翹。看淚斑斑，情切切，句叨叨。

如意令　獨木橋體　柯煜

怕捲珠簾丁字。怕倚闌干亞字。凝竚夕陽中，空有雁排人字。何事。何事。不寄蕭郎一字。獨對畫屏山字。無計遣他愁字。小篆欲薰香，不忍燒殘心字。多事。多事。學寫鴛鴦兩字。

青玉案　長宵　毛際可

彈箏銀甲寒初卸。始覺得、孤眠乍。靜裏更籌都數下。司天無準，雞人貪睡，竟把年成夜。梅花幾日開還謝。酒汎屠蘇爲誰把。兩地情悰全没假。昨宵書到，小姑偷看，説向人前怕。

青玉案　弔古　閨秀徐燦

傷心誤到蕪城路。攜血淚、無揮處。半月模糊霜幾樹。紫簫低遠，翠翹明滅，隱隱羊車度。

鯨波碧浸橫江鎖。故壘蕭蕭蘆荻浦。煙水不知人事錯。戈船千里，降帆一片，休怨蓮花步。

鳳凰閣 春晴

吴綺

聽朝來窗下，幾聲靈鵲。曉霞影透真珠幕。最喜梅花臺榭，漸暖紅萼。把燕子、芹泥乾却。佳人呵手，鏡裏盡情梳掠。還教安頓秋千索。思昨日、雨和風，何等輕薄。怎便忍、將春閒着。

三奠子 私歡

董以寧

正曉奩收罷，去摘湘桃。花壓户，影眠橋。人來濃欲笑，眸去淡相招。無人處，遺約腕，索涼綃。羞天落落，怕鳥囂囂。心自怯，意難抛。石屏宛轉路，茶屋暗香巢。相攜去，紗纔褪，鬢微搔。

兩同心 鴛鴦

宗元鼎

兩兩珍禽，翠衿紅羽。春雨浴、影狎方塘，暖莎眠、頸交南浦。又看看，踏浪齊飛，相呼迴舞。

賺得採菱游女。柔腸萬縷。白玉臺、温鏡遲歸，青螺黛、張眉未嫵。空擎着，並蒂紅蓮，歸來無語。

兩同心　鴛鴦　彭　桂

雙宿文禽，銀塘私話。每低飛、小玉窗前，長交頸、並頭花下。最愛他，生小相依，從無驚怕。萬把梅豆櫻丸，閒抛戲打。東風前、楊柳頻牽，南浦外、芙蓉共嫁。好揀取，緑線紅絲，繡來如畫。

殢人嬌　别意　陳　枋

螺管拈來，畫個別離兩字。無言處、懵騰似醉。釵梁扶上，觸金蟲偏墜。儘梳裹、今朝百不如意。　淚浥秋波，憎人偷視。只推道、雙眸宜睡。香車欲去，又沉吟一會。尋金斗、細熨畫衣花卉。

殢人嬌　夜別

張淵懿

露冷花寒，竟是別離情緒。知道有、今宵此處。今朝夢裏，又何須留住。生驀地、伴了猛風飛絮。月轉輕紗，煙消古樹。爭忍得、金鞭付與。捹伊便捨，再將伊偷覷。除是影兒、替却人兒去。

天仙子　春夜

陳子龍

十二畫屏圍楚岫。一縷水沉攜滿袖。小桃纖甲印流霞，聽玉漏。人歸後。兩點橫波微暈透。荳蔻梢頭春尚瘦。雲膩暖金燈下溜。鏡臺斜背解羅衣，芙蓉繡。生香扣。寶襪酥胸紅影皺。

江城子　偶見

丁澎

誰家嬝嬝畫屏人。小腰身。怯羅裙。梳得牡丹、新樣一緺雲。畫裏曾逢樓上見，非盼盼，即真真。　一鈎紅玉踏香塵。月兒痕。瓣兒新。將去裁量、柳葉只三分。翠袖低翻蘭麝遠，回望處，好温存。

江城子　閨思　潘眉

陌頭柳絮已猖狂。恨蕭郎。憶蕭郎。也似因風、飄泊在他鄉。妒殺畫樓來燕子，飛與住，總雙雙。淒清明月照空房。枕兒涼。被兒涼。重把金爐、添炭更添香。倦倚薰籠聽漏盡，寒料峭，不曾降。

江城子　秋思　李雯

一篙秋水淡芙蓉。晚來風。玳雲重。檢點幽花、斜綴小窗紅。羅襪生寒香細細，憐素影，近梧桐。棲鴉零亂夕陽中。歎芳叢。訴鳴蛩。半捲鸞箋、心事上眉峰。玉露金波無意冷，愁滅燭，聽歸鴻。

江城子　閨詞　閨秀楊琇

繡幃睡起倚香篝。鏡光浮。翠雲流。向午慵慵、猶自怯梳頭。二十四番風盡也，花縱好，爲誰留。背人獨上最高樓。捲簾鈎。黯凝眸。信道垂楊、難繫是行舟。渺渺關山煙水外，芳草路，織成愁。

小桃紅　怨情

吴棠禎

天不將儂管。酒不將伊勸。怎不銷魂，簾兒不挂，燈兒不暗。恨錦帆不肯阻行人，使被窩不暖。花不開嬌臉。柳不舒愁眼。明日不來，蛾眉不畫，羅衫不剪。歎房中不是不曾留，只郎心不轉。

小桃紅　手書

董以寧

郎寫梅花體。輕軟如郎意。别後濤箋，疊成雙鯉，倩鴻來寄。怎書中柳骨與顔筋，不比當初字。再認棠花記。還是郎親製。想是年來，摹成舊搨，硯花開矣。莫非他冶貌與柔心，一變都如此。

且坐令　即事　朱襄

曾噎否。私語應先漏。還家不落春風後。花底重攜手。休恨從前，腰圍裙帶，淚痕衫袖。配盡縷、鴛鴦初繡。南湖淥波紋皺。夜來雨洗門前柳。繫馬處、青如舊。金鞭留當誰家酒。待明朝追究。

蕊花結　燈下寄懷　沈豐垣

怪無端、黯黯孤燈，蕊花欲結。料没些憑據，賺人何事，拚教撲滅。别離恨，支離句，總未曉、甚時歇。誰還信、斂雙眉，長是爲伊愁絶。夜深時，只欲把紫簫吹裂。還睡也，枕兒畔，挂一片、明河月。

紅娘子　緋桃　朱彝尊

露井繁英積。香徑游絲織。宿雨猶含，暖波頻漾，短牆愁隔。記少年尋到、赤欄橋，得仙源消息。最恨東風急。飄上春泥濕。易掩重門，難逢人面，斷腸空憶。便浣花箋紙、染輕紅，也無他顏色。

月上海棠　月照

董以寧

畫廊曲曲通金井。捲湘簾、月照流蘇冷。人睡桃笙，最貪看、遍身花影。釵横處、盤手靈蛇委枕。香沉小鴨餘殘餅。鏡臺邊、早沁明朝粉。好夢中間，料應知、有人廝近。那知被，夢裏人兒驚寢。

東風無力　南樓春望

沈謙

翠密紅稀，節候乍過寒食。燕銜簾，鶯睍樹，春風無力。正斜陽樓上，獨凭欄、萬里春愁直。情思懨懨，縱寫遍、新詞難寄，歸鴻雙翼。玉簪恩，金鈿約，竟無消息。但蒙天捲地，是楊花、不辨江南北。

千秋歲　秋閨，次少游韻

張　䚯

碧梧風外。雨洗炎飆退。蟲語亂，蕉聲碎。欲辭班女扇，已褪休文帶。菱歌起，秋容愁共菱花對。　萍梗縈懽會。香冷金猊蓋。啼痕漬，鮫綃在。玉關歸夢斷，錦字幽期改。雁過也、緘愁堪倩填青海。

千秋歲　宿章丘旅店，讀女郎題壁詩

顧貞觀

一鞭誰共。剛有愁迎送。乘倦解，青絲鞚。霜威侵酒盞，霧氣穿衣縫。生戀着，黄茅野店雞聲夢。　燭淚無端湧。三匝驚栖動。憶此際，釵頭鳳。語吞鸚鵡噤，浴顫鴛鴦凍。魂别也、曉風殘月兒珍重。

千秋歲　旅夜

沈豊垣

客亭遥夜。懶聽秋蟲話。眠未得，愁還惹。芭蕉疏雨滴，楊柳輕煙挂。鴻影過，碧天露冷秋如晝。風透紗窗罅。搖曳殘燈灺。又戍鼓，敲初罷。夢回青瑣閣，淚落紅羅帕。人欲起、萬山曉月聞嘶馬。

千秋歲　殘曆

僧宏　倫

早梅邊別。約道歸寒食。盼過了，清明節。夢和春絮弱，淚與梨花濕。全不信，茨菰葉爛無消息。記得臨行説。説道行期吉。錯看了，留連日。一燈清夜杳，萬里瓊瑶積。臘盡也、惱他無準燒殘曆。

千秋歲　憶別

閨秀朱中楣

幾般離索。只有今番惡。塞柳淒，宮槐落。月明芳草路，人去真珠閣。問何日，衣香釵影同綃幕。曾尋寒食約。每共花前酌。事已休，情如昨。半船紅燭冷，一棹青山泊。憑任取、長安裘馬爭輕薄。

前調　別橫波龔年嫂南歸

天涯分袂。更覺愁千倍。憑寂寞，添憔悴。風移蟬唱杳，雨滴梧聲碎。方信道，離懷未飲心先醉。濕花疑有淚。點點餘紅綴。新芰熟，殘葭翠。秋清人漸遠，水靜鴛濃睡。知音少、斯時一別何時會。

離亭燕　春暮　龔勝玉

轉眼竟成春暮。添得新愁無數。花若多情還眷戀，故故向儂低舞。好把繡簾垂，忍見亂紅堆絮。況是一天絲雨。窗外數聲淒楚。燕子飛來棲未穩，似訴離情縷縷。風雨送春歸，偏不送將愁去。

粉蝶兒　自恨　沈謙

自恨多情，爲何這樣難絕。悶昏昏、没些情節。到如今，諸事廢，此心不滅。尚牽纏，想着迎風待月。病起穿衣，帶兒却倩人結。瘦將來、臂纔一捻。這離愁，多簇在，翠眉兩葉。便歡時，却是與愁同活。

蝶戀小桃紅　秋思

沈　謙

多情却被秋僝僽。冷落西風，正在重陽後。別淚淋漓淹錦袖。漫將人憔悴、比黃花，比黃花還瘦。　三年不鼓求鳳奏。愁壓眉山，鏡裏時時鬬。剔盡殘燈捱玉漏。要紗幮重照、影兒雙，問今生能彀。

師師令　雛姬

陳維崧

匀紅別翠。擲星眸斜睇。嬌春尚未忒玲瓏，却已會、三分無賴。笑匿花叢衫影在。怨風吹羅帶。　銀箏砑緊雞鳴快。做殢人情態。玉船頻到只推辭，道酒病、昨宵曾害。挼碎紅梅庭下灑。罵粉郎心壞。

師師令　曉妝　沈豐垣

瞢騰乍起。正雲鬟未理。手挼裙帶倚牀闌，但説道、困人天氣。嬌眼半開猶似睡。怕鏡奩如水。玉容懶把桃花靧。却自然妖麗。彩毫約略掃眉峰，春已透、粉香堆裏。一見教郎終日喜。搚小樓同醉。

師師令　人前　董以寧

斜簪玉導。倚玉臺重照。人來故故不寒温，窣地對、鏡中微笑。正卸禪韝紅欲耀。把杏衫輕罩。等閒説遍情難告。見星眸微掉。漫將銀筯撥爐灰，書个字、與伊知道。還向屏山斜處靠。把鸚哥閒叫。

師師令　雛姬　史惟圓

細眉斂翠。送横波微賣。嚴糾酒政下觥籌，一半倚、嬌憨廝賴。剪盡蘭煤紅影碎。弄金鈴燈帶。

當場赴拍迴身快。看舞容歌態。個儂曾未識春愁，聊戲與、温存何害。微雨黃昏苔徑灑。泥沁鞋幫壞。

師師令 鸚鵡

蔣景祁

緑衣紅觜。去南中千里。離家拋井未曾諳，只記着、舊時情事。盼望雲霄空徙倚。歎此生匏繫。
夢中紅豆相思味。被茶聲驚起。小姑待説與春愁，却怕汝、多言多忌。獨自好風良夜裏。倚繡簾孤睡。

隔簾聽 立夏日雨

鄒祇謨

何事欺花賺柳，恨煞春難住。幾層煙霧空濛處。恰盼到昏黃，瀟瀟神雨。纔做暖，又輕寒，夢中九十還重數。黃蜂紫蝶，浪向荼蘼舞。春歸百計尋春補。織盡冰絲，斷腸千縷。渾無語。道春這回真去。

傳言玉女　雪夜，爲鄰女催妝

董元愷

春暈微紅，消得繡簾微雪。殷勤青女，綰同心雙結。吴鹽輕撒，詠絮風情親切。紗籠對引，碎瓊鋪設。說嫁心驚，鎮日妝臺癡絶。嬌嗔阿母，夫壻猶憐惜。小捉養娘，私向窗前低説。玉郎莫見，簸錢時節。

銷夏　雨窗，讀《巢青閣詞》

沈謙

窗外葡萄珠一架。蘇蘇雨下。把卷科頭怯晚寒，映斜陽、玉虹高挂。香凝楚簟重鋪潤，逼吴㡧嫩砑。忽憶東園銷永夏。湖山如畫。唱遍旗亭絶妙詞，有按拍、雙鬟低亞。峰臨高閣青來，珠滴小槽紅醡。

河滿子　縈愁

閨秀徐燦

蘭炷舊縈裙摺，玉纖新换箏絃。惆悵一聲河滿子，雙流珠淚燈前。七十二峰霜色，霎時吹到愁邊。碧海青天夜夜，綺窗綃帳年年。樓外金堤堤上月，背人幾度偷圓。可惜紫騮嘶處，一行楊柳依然。

百媚娘　跳索

陳玉堪

風俗吴儂鬬耍。多在酒亭花榭。良夜如年人似水，不數藏鬮白打。綵索横拋梅影下。記匆匆元夜。舞處却疑雙柘。落處暗沾微麝。裙帶留仙飄沓也，多少便儇妖冶。堪訝額山珠欲瀉。倩拭香羅帕。

訴衷情近　秋懷

沈豐垣

危欄獨倚，對景翻教怨極。亂山疊翠東來，斜日淡紅西匿。㵽㵽庭柯，葉墜風滯，哀蟬欲噪渾無力。空沾臆。恨不身生兩翼。南魚北雁，何處尋消息。怎忘得。花陰小立，常遮月到，幽期先黑。替整冠兒側。

剔銀燈　春夜

汪懋麟

獨坐知儂何意。憔悴盡、臉紅眉翠。小鴨香殘，孤鸞鏡掩，怕見蘭膏光膩。此時情致。況遇着、惱人天氣。簌簌落花偏媚。欲待留春無計。妾命桃花，歡情楊柳，何處青樓攜妓。温柔香醉。總不管、夜寒人睡。

風入松　風情

曹爾堪

緑楊影裏曉雲酣。柔緒浴春蠶。獨憐堤草平如剪，尋芳信、荳蔻初含。醉眼微留雙暈，彩香纔卸單衫。碧天如水水拖藍。花氣透疏簾。濤箋錦字何由寄，彈紅淚、小印親函。癡夢渾如燕子，輕身飛到江南。

風入松　帳中

佟世南

蘭釭斜照碧紗幮。香篆裊流蘇。鴛衾不整春宵暖，輕籠着、一半羅襦。殢了煙鬟軟語，倩伊香臂橫舒。臉花泥枕褪紅酥。鬢棗墜龍鬚。朦朧星眼渾如醉，低聲道、睡了何如。試看西窗花影，看看搖落蟾蜍。

風入松　無題

嚴繩孫

星移帆影月移沙。秋思落誰家。別時不敢分明語，蹙春山、暗損韶華。又是中秋時候，西風幾陣歸鴉。　相思難遣夢交加。水闊又山斜。尊前常恨天涯遠，況如今、真個天涯。更道重來應未，待伊歸向窗紗。

風入松　夏閨

吴　旦

珠簾半啟燕初歸。茉莉晚香宜。池塘聽去菱歌遠，弄荷珠、夜色迷離。鵲語預徵遠信，花鬚暗卜歸期。　晚妝猶自整蛾眉。獨坐月痕微。畫簷風定流螢入，一星星、低傍羅幃。恰照鴛鴦繡枕，並頭蓮下雙飛。

風入松　憶戍

閨秀柴静儀

少年何事遠從軍。馬首日初曛。關山隔斷家鄉路，回頭處、但見黄雲。帶月一行哀雁，乘風萬里飛塵。　茫茫塞草不知春。畫角那堪聞。金閨總是書難寄，又何用、歸夢頻頻。幾曲琵琶送酒，沙場自有紅裙。

剔銀燈　本意

賀　裳

小院沉沉深閉。聽四壁、亂蛩聲沸。月照銀牆，霜飄玉砌，怎便思量去睡。停薰鴛被。絮征袍、自縫白苧。　不覺燭光昏晦。紅蓓蕾、知他何意。空誤裁縫，虚勞報喜，纖手剔開雙穗。傳呼小婢。索蘭湯、滌除殘膩。

祝英臺近　憶别

毛奇齡

玉爐殘，銀燭暗，畫檝倚南浦。黯淡東風，早灑淚痕雨。惱他順水船兒，幾株楊柳，甚力把、征帆拴住。空相覷。欲將心事叮嚀，題多總難數。獨夜思量，記起枕邊語。算來萬種春愁，儂擔不起，分一半、與郎隨去。

前調　閨晚

畫欄低，斜日暮，睡起甚無緒。蛺蝶遊絲，陣陣惹飛絮。是他梅子生仁，櫻桃落蒂，著甚個、五風三雨。隔牆樹。聽葉底杜鵑兒，不住叫誰去。看又黃昏，寂寂閉朱户。夜來明月何如，幾時回顧，記不出、初三十五。

祝英臺近　餬窗

陳　枋

暗風淒，飄雨細，慣透紙條縫。聲下聲高，蘆管夜深動。幾番翠袖遮時，還愁寒中，喜今夕、餬來無空。月痕重。倍覺皎潔空明，霜色一層凍。剪燭無妨，好與故人共。待他春到花間，打窗蟲活，再教破、半檽吹送。

祝英臺近　湘中别意

王士禛

玉繩低，洞簫咽，人向楚樓别。似水柔情，此際那堪説。劇憐碧玉瓜時，丹珠牀上，都惆悵、穠華銷歇。真悽絶。持贈九曲連環，臨岐莫遺玦。一望湘波，湘山更重疊。從教身化湘煙，淚沾湘竹，夢也逐、瀟湘雲月。

祝英臺近　夏閨

羅坤

雨迷離，煙霎霴，正熟梅時節。露井榴花，點點墜紅雪。緑窗小女凭闌，無人催繡，且收拾、鴛鴦線帖。雙眉結。昨宵夢怯銀屏，淚瀉如珠脱。燕語商量，占得畫梁熱。幾時柔櫓蘭橈，相邀姊妹，同去採、蓮花蓮葉。

一叢花　郊望

潘眉

微風弱雨暗孤城。隄柳小橋平。斜陽蕩漾春無力，誰家女、寒食輕盈。桃李隨風，海棠著雨，情緒怯流鶯。　三年回首客燕京。往事總星星。調笙顧曲消長晝，恁時初聽賣花聲。紅杏簾前，丁香馬上，時節正清明。

一叢花　白丁香　史鑑宗

誰移琪樹傍瑶臺。顆顆玉含胎。月明疑綴鮫人淚，東君巧、銀剪輕裁。韻奪梅魂，輕分雪魄，雅淡沁幽懷。　宜煙宜雨費推排。最好露中開。垂垂粉汗嬌無力，生愁惹、蝶趁蜂猜。細膩芳心，才經微吐，一線暗香來。

一叢花　夏夜　華長發

看看落日下平臺。恰滿院風迴。晚妝纔罷催新浴，簪茉莉、蟬鬢微開。玉骨冰肌，淡梳微裹，另一種人材。　月明凝素絶塵埃。坐水閣涼哉。輕摇紈扇紗窗外，流螢亂、點點飛來。夜已將闌，銀鈎微響，防着侍兒猜。

送入我門來　憶别　卓人月

吹淚成花，團愁作絮，情絲繡出春光。難道春光、兩處不相當。閨中解使佳人怨，怎閫外、難回遊子腸。恰似時常在眼，忽念幾時相别，屈指堪傷。正是去年今日理行裝。游絲伴子飄香陌，倩舊燕、招君入畫堂。

紅林檎近　春思　吴偉業

龜甲屏還掩，博山香未焦。鸚鵡暖猶睡，曉鶯上花梢。醒來擡身半晌，細雨濕夢無聊。女伴戲問，春宵笑頰暈紅潮。黛眉新月掩，羅襪小蓮拗。更衣攏鬢，背人自折櫻桃。怨玉郎起早，日長倦繡，小樓花落吹洞簫。

柳初新　冬詞　梁清標

晴簷飛雪簾櫳護。翠被篆添香縷。海棠睡足，臉潮微暈，釵落鬢横斜霧。紅上瑣窗如許。惱侍兒、催人匆遽。纖手牽郎且住。怯朝寒、枕傍低語。眉心頻蹙，楚腰半嚲，不盡怨雲愁雨。欲起又同偎倚，最難聽、鸚哥聲絮。

金人捧露盤 閨情

董以寧

杏花煙，桃花雨，柳花風。愁中過遍、過遍覺匆匆。姊歸何意，不教春色駐簾櫳。妝事無成，朱闌外、數盡殘紅。笛床閒，琴床冷，繡床委，筆床封。都爲却、玳瑁床空。銀床新汲，轆轤更覺似心中。春歸何處，偏難道、郎處方濃。

有有令 詠畫眉

陳維崧

風柔日媚。一盞小金籠，繡簾深處墜。紅萱同心結，緊綰在、東風裏。最愁他、點徑蜻蜓，銜泥燕子，往來容易。嬌影閒臨緑水。倩小玉、摘相思子。好把猧兒打去，休攪春宵睡。隔花悄喚名字。遠山卓氏。錯認做、畫眉郎至。

最高樓　春閨

錢　煉

銀閨曉，花暖折初函。紅上侍兒簪。深愁幾度彈文鵲，薄妝應爲浴新蠶。問流光，春九十，已過三。　方織罷、迴文機上錦。又繡得、砑羅茵畔枕。風剪剪、柳毿毿。多時卜信藏蛛子，無心鬬草賭宜男。憶征人，曾有夢，到江南。

爪茉莉　茉莉

梁清標

正苦薰風，早清芬細裛。黄昏後、覓枝尋葉。翩翻萼影，惹動閒庭蛺蝶。摘來綴、寶髻瑶釵，盈盈暗添笑靨。　花神有意，巧批了、風流牒。新浴罷、晚妝寧帖。斜簪緑鬢，恰宜襯、芙蓉頰。伴鶼鶼、枕上粉脂融浹。衆香國、魂夢貼。

驀山溪　寒食

陳子龍

碧雲芳草，極目平川繡。翡翠點寒塘，雨霏微、淡黄楊柳。玉輪聲斷，羅襪叩花陰，桃花透。

梨花瘦。遍試纖纖手。　去年此日，小苑重回首。暈薄酒闌時，擲春心、暗垂紅袖。韶光一樣，好夢已天涯，斜陽候。黄昏又。人落東風後。

驀山溪　感舊

陳維崧

碧雲薄暮，畫角誰家奏。深院火熒熒，好風輕、翠幃微皺。冰輪徐上，無語倚屏山，金鈎瘦。鮫綃透。人在銀燈後。　年時小苑，良夜曾攜手。低掃淡黄蛾，謾垂垂、玉人羅袖。如今人去，門巷也依然，紅橋口。香街右。一帶青青柳。

千秋歲引　無題

丁澎

翠閣留情，紅箋寫怨。何物遺君表幽願。玉環雙鳳連珠扣，香羅繡帶同心綰。懷袖間，朝與暮，常依戀。　帶欲君情長不斷。環欲君心千遍轉。豈意風流一朝散。玉環摧拆香羅裂，人心那得無移换。淚痕銷，香痕滅，何時見。

拂霓裳　冬夜觀劇　陳維崧

釀寒天。六街皓月盪成煙。腰鼓鬧，騰騰雨點打來圓。銀燈籠暮靄，鐵撥迸秋泉。映嬋娟。想後堂、笑語總群仙。教坊絕藝，一隊懷智龜年。君不醉，風光辜負十分妍。醉餘偏惹恨，歸去不成眠。忽淒然。悵桐花、一樹翠簾前。

洞仙歌　元夕　彭孫遹

千門萬户，聽踏歌聲遍。一派笙簫暗塵遠。有麝蘭通氣、羅綺如雲，香過處，隱隱紅簾盡捲。間行南北曲，玉醉花嫣，爭簇天街鬧蛾轉。更誰家豔質、燈火闌珊，驀地裏、夜深重見。向皓月光中費疑猜，不道是、今宵廣寒人現。

洞仙歌　琉璃廠燈市　陳維岳

錦綳銀箔，正天街如水。玉軟煙濃試燈市。看紅珠樹裏、不夜城中，人行處，連袂踏歌桃李。

茶寮和酒肆，颭盡青旗，羅綺芳叢暗塵起。有侯門戚里、冶伎游童，回豔影、金鞭落地。恰楊柳梢頭月將圓，問幾處、高樓畫欄人倚。

蕙蘭芳引　美人刺繡

魏學渠

柳絮飄殘，垂銀蒜、春風不度。檢幾幅吴綾，鸎緑鵝黄新縷。愁腸已斷，好去續、繒雲絲雨。記檀郎舊日，彩筆曾留花譜。鳳枕描雙，鴛衾畫對，凝眸無語。便絶代針神，繡出芳心幾許。經營慘淡，丹青雜組。笑傍人、輕比迴文機杼。

簇水　問侍兒月上花梢幾許

鄒祗謨

從此閨中，更應添個司更婢。海棠低亞，爭忍看、寸陰兒戲。昨夜蓉箋傳語，刻在心頭記。應并着、侍兒經意。　月上矣。又聽得、城頭畫角，莫倂入、三更未。花神證據，乞致與姮娥意。鑒我小窗歡約，莫便餬塗裏。郎來也、應放嫦娥避。

簇水　問侍兒月上花梢幾許　董以寧

郵遞東風，歡期愛寫吳綾帕。記來心上，便打斷、小姑閒話。去把流蘇收拾，等望水蟾挂。到半晌、却嗔郎詐。　天似畫。想應是、小峰遮抹，偏郎處、山高麽。卜他來否，試問個弓鞋卦。且再閒呼小婢，看向珠樓下。佯相報、月上花梢乍。

明月影　遠望　朱彝尊

小紅樓上有紅妝。是蕭娘。是韋娘。聞説他家，慣自畫眉長。扇又薄遮簾又下，暗塵起，紫騮嘶，斷斜陽。　夕陽。夕陽。斷人腸。柳半塘。花半牆。數也數也，數不盡、波面鴛鴦。偏我相思，人倒獨眠牀。若遣個人偷嫁我，撓兩槳，打春潮，送故鄉。

愁春未醒　牆外丁香花盛開，感賦　陳維崧

攀來尚隔，望處偏清。算開到此花闌珊，春已在長亭。滴粉搓酥，小紅牆角倍分明。年年此際，

籠歸馬上，遞遍春城。　昨歲看花，有人禿袖，擘阮捱箏。悵新來、梁間燕去，往事星星。只有鄰花，依依不作路旁情。夜深難睡，繽紛花影，篩滿空庭。

魚游春水　感憶

鄒祇謨

十五盈盈小。鈿合暗投心繚繞。流連心苦，不道佳期竟杳。蘼蕪巷裏人何在，荳蔻花中春已老。淚落天涯，斷腸多少。　極目年年芳草。繡閣玉娥慵不掃。何事尺素傳來，征鴻悄悄。側側輕寒白日過，濛濛細雨黃昏早。酒醒更闌，數聲啼鳥。

薄媚摘遍　偶感

陳維崧

舊家門，閒院落，有個人兒在。最竛竮，偏䰉鬌，濃蛾秀鬋無賴。輕紅架底，青粉牆邊，一樹睡香開。玉鴉叉、打來斜戴。　晚風大，低颺茜花裙帶。小做懨懨態。疑有恨，不勝嬌，和煙早簇上眉黛。一丸涼玉，挂向簾鈎，逋髮未全撩。記得瀕行，送人欄外。

東風齊著力　無題

陳維崧

春困初濃，春愁難妥，又是花朝。蝦鬚半捲，蛾綠不曾描。記得去年玉勒，相逢在、絲雨長橋。鞦韆社，繡旗不定，畫鼓頻敲。　流水碧迢迢。人不見、妝成知爲誰嬌。穠香病酒，雙臉印紅潮。欲借鴛機論恨，回文字、帶淚重挑。腸斷也，百花生日，只是無聊。

意難忘　題情

嚴繩孫

生小盈盈。是天教斷送，賦與多情。密防鸚語滑，愁壓鳳箋輕。紅淚濕、翠眉清。猶自可憐生。夢兒中、幾回來處，只恁分明。　算來難負流鶯。有花枝照妾，明月隨卿。病應前夜得，眼是幾時醒。欲畫也、恐難成。堪否與題名。道判將、綠銷紅褪，分付丹青。

意難忘　題情

秦保寅

池館新晴。祇薰香獨坐，誰見傾城。釵明蟬影細，珠瑩鳳尖輕。楊柳弱、藕花清。欲比似難名。

算只如、人間洛水，天上瑶京。天教惜與娉婷。自柔情暗束，一卷蕉心。翠綃封淺淚，銀粉疊深盟。朱户裏、晝長扃。擔閣在今生。料應是、書生薄命，一樣心情。

意難忘　贈倩扶

張錫懌

捧出蘭房。看朱唇纖手，曲短愁長。身輕疑學燕，聲細似調簧。人乍見、意難忘。怕對酒盈觴。生受些、羅襦微動，綺席生香。　朝來攜手相將。漸雲收遠岫，日轉重陽。波侵紅袖靚，風度錦裀涼。緣底事、亂人腸。無奈獨彷徨。便與伊、明珠一斛，買笑何妨。

轆轤金井　小鬟雨汲

董元愷

垂垂碧柳，拂朱門、雨滴銀塘芳草。鵶鬟初成，正臨風嬌小。臨流窈窕。映秋水、遠山眉繞。霧縠煙鬟，湘濱洛浦，轆轤春曉。　瘦影亭亭自照。尚憐卿未解，向卿微笑。清淺波紋，怕玉釵輕掉。羅裙半裊。試汲取、冷泉多少。皓腕頻攜，弓鞋半濕，丰姿偏好。

滿江紅　憶遠

王彦泓

眼角眉尖，誰會得、這場抛散。怕向那、定情簾下，訴愁窗畔。幾度卸妝垂手望，無端夢覺低聲喚。猛思量、此際正天涯，啼珠濺。　欲寄語，加餐飯。難囑付，魚和雁。隔雲山牽挽，寸心如綫。善病每逢春月卧，長愁多向花前歎。況如今、憔悴去儂邊，何曾慣。

滿江紅　春寒

陳維崧

連日微陰，梅花外、數聲姑惡。憔悴是、淨持小女，兒家姓霍。春夢晝寒偏易醒，鬢絲指冷應難約。思沉沉、獨自抱銀箏，人倩着。　釵梁燕，鞋幫雀。簪處顫，移來却。看糁平鴛瓦，鋪明紅藥。沾濕怕污郎白馬，玲瓏不辨奴青鑰。問何時、乾鵲噪香奩，從天索。

滿江紅　春情

季孟蓮

燕子何時，銜去了、舊年人約。乍可的、懨懨春睡，東風休惡。夜雨忽添窗外草，曉晴亂惹樓頭鵲。這天生一段好相思，何曾學。　而今事，當初錯。別時淚，空流落。怕歸來重問，有辭難却。天遠夢隨驄馬倦，晝長人並風箏弱。望河橋、萬樹宿黄鸝，愁遮幕。

滿江紅　無題

閨秀王　朗

剪剪輕寒，小樓昨夜衾嫌薄。禁幾陣、東風吹斷，護花鈴索。醉軟煙絲牽恨亂，離披蝶板敲愁落。爲春慵筆債滿床頭，都耽閣。　愁與病，渾難却。花飛盡，容如削。笑年年依舊，一身落魄。金屋自慚原不稱，樊籠也任長牢落。問蒼蒼、生此不祥人，何如莫。

滿江紅　重九日

閨秀顧　氏

墮馬啼妝，學不就、閨中模樣。疏慵慣、嚼花吹葉，粉抛脂漾。多病不堪操井臼，無才敢去嫌天壤。看絲絲雙鬢幾時青，空勞攘。　原不作，繁華想。收拾起，淒涼況。向牙籤境内，别尋幽賞。昨夜樓頭新夢好，憑風吹送瑶臺上。散無愁、高枕是良方，飛瓊餉。

亦園詞選　卷六

梁溪侯文燦蔚𩇕選　門人鄭廷鈞平叔較

紅情　詠紅豆

朱彝尊

凝珠吹黍。似早梅乍萼，新桐初乳。莫是珊瑚，零亂敲殘石家樹。記得南中舊事，金齒屧、山鬟蠻女。看兩岸、盈盈素手摘新雨。　延佇。碧雲暮。休逗入茜裙，欲尋無處。唱歌歸去。先向綠窗飼鸚鵡。惆悵檀郎路遠，待寄相思猶阻。燭影下、開玉合，背人偷數。

玉漏遲　閨思

梁清標

篆煙銷錦幄，愁中又聽，漏聲催早。卸罷殘妝，繡被暗生寒峭。想像前宵好夢，剩瘦影、蘭釭相照。燈暈小。雁鴻報到，歸人猶杳。　消息試探梅花，待漏洩春光，可同歡笑。欹枕釵橫，畫樓幾番慵眺。一紙音書寄語，問白髮、近添多少。奩鏡悄。眉峰爲誰頻掃。

尾犯 秋懷

王士禛

羅袂怯西風，玉露初零，瓊花暗落。一片珠簾，對寒梧畫閣。隴首秋雲多黯淡，天邊鳴雁長飄泊。最堪憐處，楚簟涼生，孤睡何曾着。　吴天凝望遠，無限水驛山郭。目送雲中，甚雁書堪托。往事空憐韓掾少，新歡已負秦樓約。七絃琴上，私傳語、女床鸞鶴。

金浮圖 初遊人

鄒祗謨

春遊去。蟬衫似水，鴉鬢如雲，十三年紀。犢車輕、偏向繁華處。梔子簾前，目炫銅街花雨。爭奈繡鞭偷覷。迴看阿姊，竊竊多私語。　招儂住。微那小步。斜掩輕紈，莫把紅潮露。深深禱向青溪廟，抽得籤文，難與遊郎訴。纔信雲母屏前，牢護花鈴，不放春風度。

金浮圖 小武當燒香曲

陳維崧

瞞夫婿。紅巾暗約，橋後釵奴，巷前蘭姊。趁今朝、了却燒香事。短簿祠前，變做花天粉地。

齊誦觀音名字。佛如知道，佛也應須噓。　花無並蒂。紅顏薄命，縱有慈悲，何曾肯替。釵梁紅玉輕敲損，湘裙皺處，多少神前誓。拚取帶淚歸來，海棠園裏，定下今生計。

滿庭芳　遺閨人新茗

龔鼎孳

箬裹香清，銀瓶風嫩，旅客魂斷鄉關。個儂情重，千里歷風煙。憶得春江縠雨，蘼蕪路、早隔仙凡。今何夕，輕嘗慢啜，紅藥正斕斑。　佳人應倦繡，青燈小閣，緗軸初翻。要親扶香影，吹上眉山。恰值珠簾半捲，芳磁送、幽韻無邊。重攜手，欄花莫睡，明月晚妝前。

前調　雨中花

緑翦裙腰，紅銷眉暈，恰聽鶯囀空階。海棠愁重，羅幄暫徘徊。那更簾鈎燭午，銷魂雨、陡地驚摧。無聊甚，年年花語，多半怨春來。　長生私誓後，當風羯鼓，燕惱蜂猜。問亭亭香影，掃盡還開。竟似離雲萬疊，南浦約、經歲纔回。殷勤囑，朱樓意懶，無力踏青苔。

滿庭芳　觀女伎演淮陰故事

梁清標

絳燭清宵，彩雲華館，蠻腰細舞迴風。嬋娟忽變，繡襖染猩紅。鎖甲黰分雪色，兜鍪小、雙頰芙蓉。氍毹映，將軍紅粉，錦繖黛眉同。　登壇當日事，衣冠優孟，寫出偏工。歎英雄佳麗，一樣飄蓬。飛絮落花舊恨，誰憐取、桃李春穠。乘夜月，衣香人面，莫放酒杯空。

滿庭芳　送別

陳子龍

紫燕翻風，青梅帶雨，共尋芳草啼痕。明知此會，不得久殷勤。約略別離時候，綠楊外、多少銷魂。纔提起，淚盈紅袖，未說兩三分。　紛紛。從去後，瘦增玉鏡，寬損羅裙。念飄零何處，煙水相聞。欲夢故人憔悴，依稀只隔楚山雲。無過是，怨花傷柳，一樣怕黃昏。

滿庭芳　春閨

吴亮中

柳眼全青，桃腮半赤，黃鶯枝上初啼。非因中酒，何事睡偏宜。自小深藏金屋，香閨路、夢去還迷。方驚起，小鬟來報，燕子恰雙飛。　更衣。隨步到，衆芳亭畔，芍藥欄西。見花屏角裏，矮矮朱扉。正好低聲索問，將從此、逗去芳思。回頭覷，閒庭立久，阿母見須疑。

滿庭芳　聞雁

曹貞吉

細草摧霜，寒風敗葉，樓頭一雁初鳴。偶來嘹嚦，何事恰關卿。惆悵平沙月落，衡陽路、幾點峰青。曾相識，江楓漁火，隻影傍人明。　伶俜。山枕上，夢回酒醒，哀韻偏清。更空階絮語，消受蛩聲。同是一般憔悴，荒江岸、猿叫三更。從今去，湘流曲折，莫近小窗横。

滿庭芳　閨情

黄　京

芍藥風清，垂楊月淺，滿庭新翠初濃。緑窗人静，春睡意還慵。唤醒一床幽夢，無言語、苦怨東風。闌干外，燕雛鶯老，花落襯芳叢。　韶光都負却，菱花慘淡，蹙損眉峰。奈别離情緒，難寄絲桐。料是儂家薄命，仍消受、怨碧啼紅。堪憐處，年年此際，尺素寄征鴻。

滿庭芳　夏景

閨秀錢夫人

古樹陰濃，新篁翠淺，半天雨過俄晴。方塘對岸，留得小紅英。消受茶芽蕨笋，鬆几淨、雲母輕明。薰風起，釣絲摇曳，無處立蜻蜓。　灌園君素志，辟纑吾職，兩意相並。把當前小景，直擬蓬瀛。怎得塵勞盡謝，長無事、心境雙清。家園好，藕花如錦，波面想盈盈。

滿庭芳　中秋坐月

閨秀沈憲英

螢火流空，蛩吟向夕，冰輪碾破瑶天。香飄雲外，桂子静娟娟。對月幾人無恙，多半隔、遠樹蒼煙。難逢是，一庭聯袂，把盞看重圓。　淒涼無限况，含毫欲寫，累紙盈箋。任金風拂面，玉露侵肩。還惜良宵景促，無繩繫、皓魄長懸。應飛去，廣寒宫裏，清影共愁眠。

滿庭芳　秋思

閨秀吴山

歸鳥投林，夜蟲鳴砌，小軒風過吹涼。雨晴天朗，詩思入瀟湘。秋染重林瑟瑟，更何處、疏遠清香。曲池畔，翠紅層疊，依約瘦蓮房。攜樽閒弔月，支離病骨，潦倒貧鄉。歎人生有幾，況遇滄桑。且把雙眉解放，領略些、水色山光。衷腸事，思親憂世，別并一奩裝。

滿庭芳　美人名

閨秀湯萊

曉霧非煙，朝雲初霽，枝頭開遍紅紅。莫愁春去，梨雪未飛瓊。誰控雙鈎碧玉，見小小、簪雀窺櫳。傷情處，無知小妹，琴操弄焦桐。東東。渾却似，琵琶寫怨，簫管翾風。更鶯鶯歌囀，燕燕音濃。欲寫麗春無計，正桃葉、飛下花叢。紅橋畔，水流人靜，清照碧潭中。

鳳凰臺上憶吹簫　閏七夕

董俞

鶴馭重逢，鵲橋仍駕，銀河依舊迢迢。喜雙星樽酒，又得相邀。翻覺幽期易失，笑人間、別恨空勞。針樓畔，荷香欲斷，桂露初飄。魂消。歡娛再整，念此夜姮娥，碧海青霄。羨風流佳話，較勝初遭。每歲相逢兩度，又何須、暮暮朝朝。低聲祝，年年但願，常閏今宵。

鳳凰臺上憶吹簫　和漱玉詞

彭孫遹

寶鴨拋煙，寒螿泣露，蘭橈催發湖頭。正銀河清淺，殘月如鈎。多少情悰欲説，知無奈、則索行休。紗窗靜，幾株疏柳，一片清秋。　堪憂。個人何處，那衣香手粉，髣髴還留。憶舊年此夜，花壓層樓。靜對金波似水，桃笙上、隱隱回眸。傷心處，依然花月，添却離愁。

鳳凰臺上憶吹簫　己酉七夕

閨秀龔靜照

雲掩橋梁，月沉河影，秋風吹送佳期。任擣花染指，戲捉蛛絲。多少空閨此夜，驀地裏、陡起相思。待重逢，從頭都告，又惹思惟。　算來。風流似夢，怕情腸繫處，只恁離岐。把筠簾捲上，且盡瑶巵。應笑鄰姬癡絶，貪乞巧、忘却人窺。人窺處，梧桐幾葉，牆半低垂。

燭影摇紅　賦催妝

龔鼎孳

一揖芙蓉，閒情亂似春雲髮。凌波背立笑無聲，學見生人法。此夕歡娱幾許，唤新妝、佯羞淺答。算來好夢，總爲今番，被他猜殺。宛轉菱花，眉峰小映紅潮發。香肩生就靠檀郎，睡起還凭榻。記取同心帶子，雙雙綰、輕綃尺八。畫樓南畔，有分鴛鴦，預憑錦札。

燭影摇紅　秋懷

閨秀趙　氏

瑶瑟聲悲，洞庭木落秋風急。蘭旌桂棹水中央，渺渺煙波隔。獨倚危樓百尺。正黄昏、長天一色。汀沙月淡，野戍烽高，寒山凝碧。　雙鯉沉浮，錦書三載無消息。江南江北折垂楊，歷亂愁如織。歲暮虚傳畫鷁。浪花殘、蓮歌寂寂。雲迷翠羽，露冷瓊枝，流光暗擲。

被花惱　無題

柯　煜

木蘭艇子趁微風，雙槳横塘清曉。煙裏新鶯弄聲小。緑楊門逕，翠苔庭宇，幽夢和愁覺。搴繡幌，約殘妝，穿花日影朦朧照。　小立玉階前，一寸相思爲儂道。燕泥銜處，書帶青時，又漸春深了。正紅情緑意兩爭妍，須珍重、瑶尊對傾倒。莫辜負，雙髻吹笙人窈窕。

暗香 拾墮花

董以寧

緑酣紅醉。奈小園一夜，花神怨懟。欲買春留，東君不受榆錢賄。喚得落花風起，半減却、蝶糧蜂税。驚見得、滿地臙脂，疑是花神淚。無奈。餘香在。且拾取片紅，故枝難贅。紅顔一類。還恐飄零紫樓内。待替落花馳檄，同索問、春風之罪。春盡後、怕再向，荼蘼作祟。

西子妝 無題

黄蛟起

銀蒜低垂，珠簾斜下，鬬鴨欄邊慵倚。雀釵親拔向青螺，撥金猊、餘香重理。春光知幾。又嬌鶯、弄音花底。鎮無聊，問司花小婢，櫻桃開未。愁來矣。眉眼三分，貯七分心裏。思量何計可消除，只除非、夢鄉偷徙。無聊夢裏。恰又被、鄰姑呼起。劣鸜哥，肯替阿儂道意。

夏初臨 夏景

汪懋麟

梅子新垂，荷錢正小，困人天氣初長。昨日春歸，楊花亂點池塘。一雙紫燕飛忙。看營巢、泥落空梁。水晶簾捲，珊瑚枕滑，玉簟清涼。　美人睡起，獨倚紗廚，針慵線懶，鳥語花香。此時模樣，歡來總未隄防。剛值殘妝，露春膚、半掩羅裳。漫猖狂。佯抛蠅拂，戲打檀郎。

黄鸝繞碧樹　本意

僧宏　倫

門外桃花謝，幾曾盼到，博陵崔護。依舊清陰，憩朱輪繡陌，畫船南浦。暗塵軟絮，空悽斷、舊經行處。纔又見、擲柳梭煙，金剪一雙飛去。　囀向簾前碧樹。午風柔、漫聲低語。雕籠內、把鸚哥喚醒，相應如訴。不恨韶光易老，恨紅荳相思苦。何當細雨斜陽，重簾催暮。

聲聲慢　和李易安韻

黄傳祖

長思短憶。驟熱還寒，欲言不語若失。殘霽曲欄，凭後睫痕多濕。從教筆墨宛轉，註不明、斷腸圖式。室則邇，訴誰來、除是夢魂相值。　紅蓼白蘋風景，檢點起、別是一番蕭慼。病骨支床，無計況將月黑。漸看燼消銅鴨，又攪人、冷蛩四壁。這憔悴，有曩昔、衾裯解得。

十二橋　暮冬湖上

陳　枋

一抹濃陰，偏涴遍、長隄水榭[一]。看波光，遠淡疑無，墨痕如畫。萬朵螺峰影，恰似嬌怯新娘初嫁。倩紗籠百幅，曉妝周折，露些簾罅。　小立六橋邊，望隱約、湖亭村舍。有漁舠、點點飛來，煙含霧駕。舟子迎人話。敗荷衰柳，豔陽難借。只漫天純晦，朔風颯颯，釀成寒也。

【校】

〔一〕「榭」原作「樹」，據清康熙刻本《荆溪詞初集》改。

孤鸞　有懷

佟世南

孤鸞鷩見。歎黛妬愁眉，粉悲瘦面。凝立牆頭，分付一年春怨。懊恨東君相促，把韶華、盡歸鶯燕。況復輕帆別後，有許多腸斷。　更那堪、芳信天涯遠。縱夢到江南，一霎還轉。淮水春來，衹抵相思一半。珠簾欲鈎又下，怕人隨、柳絲花片。時把玉郎姓字，倩鸚哥頻喚。

繡停針　本意

萬樹

問杜宇，爲甚底、聲聲翠閤頻唤。知是屏帷，人睡未醒，負了海棠開半。起掀銀蒜。正細雨、蕉巾新浣。却憐小小花絣，一春繡工都斷。　春光似舊短。自過了陽生，幾曾添線。好事鵶鬟，多事鳳針，偏要與人攻懶。玉纖微汗。道怕染、吴綾花瓣。且將推去，博山自添香串。

八節長歡　折花送鄰女

董以寧

鎮日花間。愛他新萼，飲露欺煙。低攀防壓鬢，遠折怕移蓮。還愁驚起春禽夢，顫春風、纖手堪憐。會送鄰家姊妹，楷字題箋。　更憑小婢傳言。將泉灑、莫教半晌花蔫。插向膽瓶中，須顧盼、念他短命紅顔。新妝罷，聊摘他、襯貼香鈿。但留得、一枝並蒂，折來自供屏前。

珍珠簾　密約

彭孫遹

湘紋幾摺闌干疊。十二碧城宫闕。一縷紫猊煙，片影紅窗月。小語相期全不覺，怕姓字、飛瓊輕洩。周折。待粘雲染雨，臨行還怯。猛把心兒拚却。今宵休孤負，良辰佳節。蘭液冷香犀，草露沾金蝶。無賴杜鵑枝上鳥，向窗外、聲聲啼血。饒舌。纔勸得人歸，又催離别。

金菊對芙蓉　賀友連納雙姬

徐喈鳳

樊素櫻桃，小蠻楊柳，正如金菊芙蓉。更濤箋韻好，韓瑟音工。潘郎的是神仙侣，喜瑶臺、夜夜相逢。修眉俊眼，柔情密意，秋月春風。何妨夜永情濃。且花間手緊，月底裙鬆。怕隔牆有耳，低啞吴儂。香温玉暖風流甚，倩旁人、休説河東。他年作宰，須攜兩美，對舞花封。

玉蝴蝶　美人

陳子龍

纔過十三春淺，珠簾開也，一段雲輕。愁絶膩香温玉，弱不勝情。緑波明、月華清曉，紅露滴、花睡初醒。理銀箏。纖芽半掩，風送流鶯。娉婷。小屏深處，海棠微雨，楊柳新晴。自笑無端，近來憔悴爲誰生。假嬌憨、戲揉芳草，暗傷感、淚點春冰。且消停。蕭娘歸矣，莫怨飄零。

玉蝴蝶　春懷

閨秀葉小鸞

夢破曉風庭院，粉牆花影，睡起懨懨。幾日雙蛾愁損，鏡裏春尖。看盡他、鶯梭柳線，都織就、霧縠雲縑。最難忺。催花小雨，依舊簾纖。　堪憐。韶光淑景，芊綿芳草，寂寂鈎簾。燕子飛來，花香都向綠琴添。散閒愁、流紅泛去，消酒困、濕翠飛粘。怯春衫。香烘裊裊，袖護毿毿。

玉蝴蝶　閒情

閨秀葉紈紈

窗外曉鶯初囀，柳黄條上，聲過西樓。好夢驚回深院，簾捲蝦鈎。霧濛濛、杏花無語，人寂寂、芳草如羞。恨綢繆。謝娘慵憮，斜倚箜篌。　薰篝。新妝鏡裏，東風無計，吹破春愁。粉退香消，長門花月半沉浮。問年年、惱人紅綠，看日日、伴我幃幬。鎖眉頭。黄昏雨後，勝似悲秋。

無悶　雨夜

朱彝尊

密雨垂絲，細細晚風，約盡浮萍池水。乍一霎黄昏，小門深閉。做弄新涼天氣。怕早有、井梧飄階砌。正楚筠、簟冷香篝，簡點舊時鴛被。　無計。纔獨眠，更坐起。恁説愁邊滋味。翠娥別久，遠信莫致。縱有夢魂頻記。尋不到、長安三千里。料此夜、一點孤燈，知他睡也不睡。

丁香結　丁香花下小飲

龔勝玉

蝶使頻來，暗敲窗槅，道是隔牆花滿。看蕊珠璀璨。恰萬朵、結就同心素線。兩株相對處，似鴛枕、雙栖偏慣。柔梢密簇，碎瓊稠疊，做將春暖。　冷豔。更月下凝妝，緑霧斜臨釵燕。丁字簾邊，香羅帕裹，最宜閒玩。想起殷勤贈結，對此添悽惋。總飛觴度曲，客裏儘教魂斷。

三姝媚　旅夢

彭孫遹

花宮清磬杳。聽城頭一派，角聲悲繞。晚來清味，只秋窗無火，暗螢相照。解帶將眠，剛月色朣朦來到。千里江關，十年心事，相思多少。　恍在舊家庭館，見朱幌微垂，緑窗初曉。驚伊消瘦，把別時蹤跡，向儂都告。旅泊頻年，和夢也分明知道。莫是相逢無幾，依然去了。

新雁過妝樓　西湖見倚樓美人

吴　綺

水蘸鵝黄。蘇隄畔、垂楊盡染波光。畫簾青粉，剛靠宋玉東牆。小閣亭亭人獨立，碧闌紅袖倚斜陽。無言處，低眸掠鬢，似有思量。　知他因何獨自，向杏花影裏，儘意淒涼。不疑客在，蘭葉艇上端詳。晴湖巧開一鏡，便照出、青蛾雙黛長。尋春去，怕緑陰成幄，難比伊行。

换巢鸞鳳　答友

吴　綺

天妬人嬌。正鸞羞覓渡，鵲懶填橋。忽來燈下句，如聽雨中簫。遥知堪瘦倚闌腰。病因影起，香隨夢消。孤眠夢，想只有、玉樓花照。　清悄。鴻縹緲。門掩苧蘿，空把靈犀抱。揀盡寒枝，壓殘金線，幽怨寫懷香草。頻展烏絲斷離腸，奈何欲唤青天老。而今情緒，憑誰問取分曉。

念奴嬌　和漱玉詞

王士禛

疏風嫩雨，正撩人時節，屠蘇深閉。幾日園林春漸老，遍是鶯聲花氣。紅友樽殘，青奴夢醒，寂寞渾無味。闗山萬里，飄摇尺素誰寄。香閣曲曲迴欄，殘朱零落，都爲傷春倚。厭説鴛鴦還待闋，繡被朝朝孤起。額洗鵶黄，眉銷螺碧，觶盡相思意。春來清思，小姑將次知未。

念奴嬌　木蘭廟

陳維崧

颯爽真軒舉。雌雄撲朔，世間何限兒女。今日滿目闗山，極天士馬，殺氣連營苦。安得月明苔垣薜逕，見靈旗玉貌，娟然幽處。傳是木蘭遺廟在，多少神絃賽鼓。繡袷蛾眉，紅妝猿臂，飛錦韉，壓倒蕭娘吕姥。娘子軍空，女郎祠圮，俛仰悲今古。空牆壞壁，畫衣剥落如雨。

念奴嬌　廢園有感

成　德

片紅飛減，甚東風不語，只催漂泊。石上臙脂花上露，誰與畫眉商略。碧甃缾沉，紫錢釵掩，雀踏金鈴索。韶華如夢，爲尋好夢擔閣。　又是金粉空梁，定巢燕子，一口香泥落。欲寫華箋憑寄與，多少心情難託。梅豆圓時，柳綿飄處，失記當時約。斜陽冉冉，斷魂分付殘角。

念奴嬌　閨怨

王九齡

桃花吹盡，病懨懨、又過清明天氣。輕下珠簾，休放那、燕子銜花飛去。十里晴光，一尊美酒，不解相思處。長亭風細，緑楊空自摇曳。　無奈芳草萋萋，危欄獨倚，目斷王孫路。畢竟韶光留不住，空有黄鶯如許。寄語東君，春歸難覓，尋取春分付。只因春到，新愁添却無數。

念奴嬌　野塘女

沈爾燝

行雲何事，被天公吹下，横塘一片。生小盈盈曾解惜，愁沁雙尖尚淺。繡額山桃，羅裙石竹，未許王昌見。采蘭春禊，身才都道如燕。　歲歲浣盡溪沙，鳥驚魚畏，不似當初遠。聞説平陽新賜錦，舉國春風裁剪。驛舍擎漿，天寒倚袖，露浥青娥怨。秋娘渡口，芙蓉開後三變。

念奴嬌　見新月，有懷女伴

閨秀龔静照

楊柳梢頭，懸素魄刺促，清秋風物。底事不堪重記省，屈指幾番圓缺。病裏猜疑，夢中真假，待寫都成血。人生最苦，離思相縈愁結。此情無計消除，徘徊顧影，況聽衰林鳩。轉過梧陰繁露立，碧海殘星明滅。湘水沉魚，衡山隔雁，悄向姮娥説。想將此際，同是一方明月。

解語花　詠美人捧茶

萬錦雯

春光欲醉，晝漏初長，繡閣抛針線。重勻嬌面。薰籠畔、漫把鳳團親碾。銀濤輕濺。早檜雨松風滿院。捧碧甌、半嚲鸞釵，款步花枝顫。翠袖暗籠金釧。對清香顏色，一般婉孌。流鶯低囀。驚午夢、喚覺江郎還倦。倩題團扇。指架上荼蘼開遍。待飲乾、去捲珠簾，放入雙栖燕。

解語花　題寶燈侍兒掃鏡圖

閨秀龔静照

天然豔冶，生小嬋娟，也解憐春意。藥欄斜倚。雙蛾皺、可是鄭康成婢。偏鬆丫髻。堪愛處、幾船佳麗。拂牙籤、故送秋波，無限愁如縷。金鴨慢調香細。課烹茶洗硯，種種佳美。低鬟偷喜。銷魂也、還抱琵琶花底。輕彈玉指。端的是、緑衣仙史。試看取、一點檀心，豈是凡桃李。

五福降中天　甲寅元旦

陳維崧

五更爆竹千門響，轟醒陽烏春睡。早湧彤輪，競開朱户，恰對南山晴翠。桃符荔粉，喜街影喧妍，簾痕韶麗。多少輕煙嫩靄，做就好天氣。　磨徹菱花雙蒂。繡奩爭早貼、宜春字。畫粉幡兒，銀泥勝子，帶笑上人頭髻。年光已在，牆外花鬚，橋邊蘭蕊。拜罷勝常，臉潮紅似醉。

東風第一枝　樓晤

龔鼎孳

風絡霞絨，蓮鋪金索，横橋檀霧吹暖。玉奩半懶春妝，一笑上樓人淺。朱衾畫幔，緊團定、夢憨心軟。自題名、年少多情，不及杏梁朝燕。　雲母閣、主司青眼。團扇第、書生覿面。醉扶璧月飛瓊，鎖合柳烏小苑。珊瑚聯枕，楚雨逕、神峰如綫。愛紫蘭、報放雙頭，恰好阮郎初見。

玉燭新　詠茉莉

閨秀卞　氏

亭軒微雨過，看緑蔭雕欄，蕊珠新就。輕柔婉約，冰姿倩、百顆玲瓏芳漏。含情幾許，最月淡風閒時候。人靜矣、涼透屏紗，素香膩沾衫袖。清芬足並梅花，雅不愛紅塵，冷暄勻否。珠猜玉鬭。端可擬、洛浦浣溪人瘦。煙凝露秀。每竊伴佳人釵首。遥寄語、桂殿蘭宮，霓裳慢奏。

木蘭花慢　上元

朱彝尊

今年風月好，正雪霽、鳳城時。把魚鑰都開，鈿車溢巷，火樹交枝。參差。鬧蛾歌後，聽留家齊和落梅詞。翠幌低懸罘罳，紅樓不閉葳蕤。蛾眉。簾卷再休垂。衆裏被人窺。乍含羞一晌，眼波又擲，鬢影相隨。腰肢。風前轉側，却凭肩回睇似沉思。料是金釵溜也，不知兜上鞋兒。

木蘭花慢　悼鸚鵡

女僧南詢子

自緑珠香井，漂泊到、百花洲。念萬里鄉關，雪衣姊妹，難寄離愁。情兜。幾星舊事，説藕塘疏雨怕經秋。懶哺幾顆紅荳，看他娘子梳頭。何由。寂寞冷香篝。閒殺小紅樓。似仙娥羽化，塵凡夢斷，衣翠難留。凝眸。月光涼處，剩雕籠金鎖挂銀鉤。莫慢荼毗舍利，替伊小築青丘。

桂枝香　秋夜

僧原詰

寒蛩語細。聽訴盡淒涼，客心將碎。不捲珠簾，怕見月華如水。羈愁黯黯渾如醉。爲悲秋、一番憔悴。碧天空闊，畫樓縹緲，鳳簫初起。昔曾向、花間竹裏。把玉巵浮白，縞袖凝翠。自去瀛州，仙馭頓忘塵世。而今諳盡愁滋味。更休提、故人千里。夜闌酒醒，參横斗轉，最憐無寐。

水龍吟　琵琶亭

侯杲

黄蘆苦竹寒汀，一行疏柳商船歇。山光如髻，波紋似練，江天一碧。銀甲傳情，琵琶寫恨，指聲如泣。惹香山白傅，離情頓起，頻揾淚、青衫濕。今古宦場如此。又何須、怨縈遷謫。把酒當歌，臨風對月，儘開胸臆。鳳管鵾笙，櫻桃樊素，風流無匹。笑分司如我，愛拈閒事，倩題巖壁。

水龍吟　感舊

閨秀　徐　燦

合歡花下流連，當時曾向君家道。悲歡轉眼，花還如夢，那能長好。真個而今，臺空花盡，亂煙荒草。歎一番風月，一番花柳，各自鬬、春風巧。　休歎花神去杳。有題花、錦箋香稿。紅英舒卷，緑陰濃淡，對人猶笑。把酒微吟，譬如舊侶，夢中重到。請從今、秉燭看花，切莫待、花枝老。

石州慢　夏閨

陳維崧

竹院臨池，蕉軒翳日，蕭然煙幌。送春留病，賒秋做惱，懶梳蟬樣。懨懨永晝，誰令幽夢驚迴，偏嫌多事茶爐響。侍女秉齊紈，隔紗幮低蕩。　來往。一湖水氣，滿院蘭風，撲歸裙上。悄覺涼釵委枕，簟紋鋪浪。起來慵繡，將泉戲瀉團荷，憐他葉嫩纔如掌。珠滑不成圓，却添人閒想。

拜新月慢　惜别

尤侗

香霧雲鬟，清輝玉臂，雙照淚痕猶在。忍令分攜，怯空房難耐。無人處，生怕落花風起，輕把檀痕吹壞。惜惜情懷，料身中不快。　問何曾、走馬章臺内。又非因、帶甲榆關外。何苦東去西飛，判相思分界。看彈琴、誰寫芙蓉黛。伴薰香、莫綰鴛鴦帶。只好教、籠裏鸚哥，咒那人無賴。

晝錦堂　金閶夜遊

曹溶

醉影紗籠，謳聲象拍，風景還似秦淮。郊外探梅初返，鳳縷弓鞋。背人佯踏黄昏月，依然春恨鎖重階。儂家近，鴛甃雙扉，湘簾半蹙花牌。　情懷。知名早，攜手晚，都如海渚山涯。譜入館娃遺曲，香老珠埋。浮杯那怯司空慣，提筐已識使君諧。塵中事，判與驕游狎賞，才盡金釵。

齊天樂　湖上端午

閨秀卞　氏

彩雲擁退千峰雨。日月並當雙五。蒲泛瓊巵，絲纏玉臂，競渡遥同荆楚。門懸艾虎。願兵辟靈符，塵清烽縷。遥盼天台，何人採藥歸來午。　鄰船載滿歌板，却問伊風景，何如往古。小燕新蟬，穿紅掠碧，但向景中添句。柳陰低映好放艇，邀涼水香凝處。選韻題觴，無須喧羯鼓。

綺羅香　薔薇

蔣景祁

粉壓牆垣，緑遮小徑，静鎖一庭紅霧。嫩葉柔枝，只靠曲闌深護。正無語、悄自行來，疑有淚、向誰彈與。似夢魂、驀地驚回，子規聲斷斜陽路。　前度桃花開盡，總無心、滿眼燕儔鶯侶。月下瑶階，離恨今宵重補。晝難就、雨過胭脂，繡不住、風前情緒。衹因他、刺手牽衣，惹傍人暗妬。

綺羅香　聞箏

萬樹

琥珀新絃，玻璃義甲，抱向羅衾排雁。切切嘈嘈，大小玉盤珠濺。代象板、半折蓮鈎，掩羅黛、一輪桃扇。倚文窗、低撚輕攏，喁喁如語乍飛燕。　尊前長拍短拍，撥盡新翻調，都成春怨。紅淚青衫，曾對檀槽遮面。誰再傍、待月簾櫳，早已過、試燈庭院。衹今有、幾點峰青，曲終人不見。

綺羅香　西湖晚歸，用梅溪韻

杜詔

不盡春情，無多春色，望裏又將春暮。客子飄零，好景倩誰留住。儘魂消、油壁西陵，恰夢斷、美人南浦。況無端、湖水湖煙，鳳凰山下迷歸路。　依稀第六橋邊，正落花風裏，畫橈爭渡。小隊蠻裝，勝却吴娘眉嫵。看欹斜、狸帽茸茸，更揚鞭、認伊歸處。何須記、芳草天涯，朝雲歌罷語。

綺羅香　賦得「願在衣而爲領」

閨秀吴森札

一幅鮫綃，幾回忖量，拈却并刀裁剪。穩貼雙肩，試把芙蓉扣掩。臨寶鏡、顧影端詳，敞珠箔、畏人偷見。漫尋春、蝶慕蜂憐，芳心猶恐衣香淺。　方繡重封香窄，怕新來寬褪，瓊姿銷減。倦壓鴛衾，蘭麝休教再染。愁春去、怨雨啼雲，惜花殘、香柔紅軟。解羅衫、收拾薰籠，甚心情更展。

春雲怨　閨怨

梁清標

疏燈薄暮。又一聲歸雁，飛來平楚。門掩東風，塵生寶篋，流年驚暗度。綵線慵拈，燭花頻剪，舊怨新愁漫空數。卓氏孤吟，班姬團扇，無奈情躭誤。　王孫玉勒知何處。把三生誓約，翻雲覆雨。去矣朱顏漸非故。零亂飛蓬〔一〕，惱煞窗前，鶯啼春樹。夢罷關山，酒醒殘月，極目淒涼南浦。

【校】

〔一〕「蓬」原作「篷」，據清康熙刻本《棠村詞》改。

春雲怨　冬夜絃索

史惟圓

梅梢凍結。問誰調絃柱，數聲淒絶。舊日何戡猶在，一曲殷勤重唱徹。促拍哀彈，輕攏慢撚，錦筵紅淚盡沾臆。落葉飛烏，幽蘭淥水，此恨有誰識。　大絃泠泠中絃急。更如啼似訴，小絃清切。江草江花怨離別。人隔天涯，休問西堂，舊時風月。此夜燈前，冷猿酸鶴，愁裏怎生聽得。

雨霖鈴　種柳

成德

横塘如練。日長人靜，蝦鬚低捲。知他春色何許，章臺望罷，困酣嬌眼。又是黄昏空鎖住，微雨庭院。腸斷處、絮亂絲繁，薄霧溶溶度雙燕。　茅齋靜日牆陰轉。背風花、不解春深淺。移根幸自天上，曾試把、霓裳舞遍。百尺垂垂，早是酒醒，鶯語如剪。只休隔、夢裏紅樓，望個人兒見。

眉嫵　壬子除夕

陳維崧

又殘更冉冉，往事星星，短鬢被霜染。夢入屏山路，黄昏近，金河一盞慵點。濃陰微糝。任小樓和雨輕掩。算今夜，笑語香街沸，有春勝雙颭。　思念。愁多類魘。記簾窺秀黛，柱映嬌臉。詎意分飛後，相思苦，淚滴桃笙紅淡。長江天塹。況萬重敗驛荒店。料此際有人，只爲我、翠蛾斂。

喜遷鶯　滇茶

陳維崧

胭脂繡纈。正千里江南，曉鶯時節。絳質酣春，紅香寵午，惟許茜裙親折。小印枕痕零亂，淺暈酒潮明滅。春園裏，較琪花玉茗，嬌姿更别。　情切。想故國，萬里日南，渺渺音塵絶。灰冷昆明，桑栽洱海〔一〕，此恨擬和誰説。空對異鄉煙景，驀記舊家根節。春去也，想蠻花犵鳥，淚都成血。

【校】

〔一〕「栽」原作「裁」，據清康熙刻本《瑶華集》改。

永遇樂　病中

閨秀徐　燦

翠帳春寒，玉爐煙細，病懷如許。永晝懨懨，黄昏悄悄，金博添愁炷。薄倖楊花，多情燕子，時向瑣窗絮語。怨東風、一夕無端，狼籍幾番紅雨。　曲曲欄干，沉沉簾幕，嫩草王孫歸路。短夢飛雲，冷香侵佩，别有傷心處。半暖微寒，欲晴還雨，消得許多愁否。春來也、愁隨春長，不隨春去。

二郎神　詠淚

張雲錦

盈盈珠淚。知爲阿誰頻墜。正日暮天寒紅袖薄，那禁得、揾來如洗。不合燈前開鳳簡，淹滅了、幾行紅字。謾驚認，斑生翠竹，應是夜來曾倚。　何事。斷紅流粉，增人憔悴。便凍就、真珠千萬顆，料穿得、也應難寄。夜夜羅巾無燥處，怎辨取、舊湮新漬。恨夢斷天涯，倚枕吞聲，曉寒鴻起。

二郎神　黄石榴花

董　俞

緋衣阿醋。改做道家妝束。看滿額鵝黄，天然雅淡，絶勝猩紅鴨緑。堪與姚家稱娣姒，真一樣、嬌姿絶俗。有林外黄鸝，飛來一色，繁枝如簇。　空谷。儘堪長日，伴人幽獨。似憔悴、懨懨霍娘病起，瘦比籬邊殘菊。插向雲鬟，金釵掩映，不是丹葩豔郁。想飛霜一夜，秋苞折盡，珀珠盈掬。

花發沁園春　月夜飲緑萼梅下

陳維崧

借月爲花，將花做月，濛濛一樹皴玉。銀椀篩春，瓊簫暖夜，值得珍珠幾斛。冰肌睡足。更掩映、紅綃六幅。念月姊徹夜孤寒，梅妃自小幽獨。　花影風摇簌簌。任春城夜闌，畫鼓頻續。金爐燼處，珠斗斜時，月與梅花微緑。清輝滿目。拚吹滅、枝枝銀燭。夜深沉、我醉休扶，和月和花同宿。

解連環　七

董以寧

奴年兩七。比陶家八八，李家七七。風情仙韻知誰並，自思量、可及十分之七。却似天孫，幾望斷、新秋初七。正凭遍闌干，閒看北斗，雲邊横七。　空有琴絃五七。更詞名八六，歌名一七。奈唱回、殘月曉風，難説與韋曲，才人柳七。檢點春風，已花信、今番六七。知春風、置我薄命，江妃第七。

解連環　春思

佟世南

重重樓閣。把春愁惹下，怎生安着。要曉得、没甚心情，看紫燕黄鸝，碧桃紅藥。記得當年，對明月、共調絃索。又尋芳鬬草，金鳳玉魚，盡總輸却。　追思那禁淚落。總春光依舊，離愁難託。豈是他、忘了叮嚀，任海角天涯，到處飄泊。酒注金巵，對此景、難成孤酌。況楊花、飛去飛來，穿簾透幕。

涼州令　人面桃花

萬樹

人面名兒好。誰把桃花廝叫。當初偶向有情人，人因花著，花也因人號。如今沒個人花貌。但有花枝嬝。將花當作人兒面，人心相愛花知道。可惜花將老。如人不長年少。年年今日此門中，開無人見，落也無人掃。分明獨向春風惱。誤説春風笑。爭教花與人相映，看花人到門前早。

望湘人　詠茉莉

沈永禋

漸黃昏近也，淡月映簾，香膏百斛無價。寶合化酥，瓊甌護粉，不放等閒開謝。指印尖纖，汗潮融溜，薄紗幮下。止寂寥、簟展湘紋，冷浸一簾冰麝。　堪掬清芬盈把。想斜簪晚髻，玉釵光亞。洗瘴雨蠻煙，占斷嫩涼臺榭。因記舊約，題封巾帕。多少剪燈低話。但曉來、枕畔端相，未抵昨宵嬌姹。

望湘人　詠燕　俞南史

怪溪梅卸瓣，春社雨收，柳汀沙岸飛遍。試揀雕梁，去依藻井，幾度尋香栖暖。蝶舞裁衣，鶯簧調曲，追陪梁苑。惟汝猶憐惜空閨，肯與蕭娘爲伴。　須把風簾盡捲。任分開翠尾，往來如剪。還對坐螺屏，細認去年人面。如言似語，欲飛還住，商量今番瘦減。爲我催、秋雁書來，萬一湘天逢見。

望海潮　春城桃李　吴本嵩

人家江左，時光寒食，春閒又值春晴。飛燕送香，流鶯啼夢，驚看花遍山城。脈脈十分情。正玉樓宴罷，金屋妝成。不比人間，鉛華羅綺鬬輕盈。　算來底事蓬瀛。但煙花故國，詩酒餘生。緑水畫船，芳隄寶馬，良辰結伴遊行。好景記分明。恐孟婆一霎，杜宇三更。又是楊花飄來，散作杜鵑聲。

亦園詞選　卷七

梁溪侯文燦蔚醱選　甥華紹曾怙思婿顧起安右傅編

一萼紅　詠睡鞋

彭孫遹

試緗鈎，正薰籠初暖，百和惹氤氲。同夢相偎，合歡不解，天然無跡無塵。巧占斷、春宵樂事，問伊家、何處最撩人。綃帳低垂，蘭燈斜照，兜上些跟。好是輕盈嬌小，只一彎香浸，半捻紅分。新月勾雲，纖荷舒夜，阿誰消受清芬。莫道魂消此際，念玉樓、合處更銷魂。底事東陽憔悴，化盡腰身。

一萼紅　春情

沈謙

漫窺簾。愛桃花萬樹，新雨拆紅絨。近水無言，隨風有恨，欹斜直恁嬌憨。棲不穩、畫梁雙燕，爲營巢、終日語呢喃。似喜仍憂，乍暄還冷，情緒懨懨。盡道西郊堪賞，便倡條冶葉，誰再沾黏。淚豈因花，病非中酒，羞稱宋玉江淹。受盡孤眠況味，眠又起、真欲似春蠶。忽見隔樓山影，想殺眉尖。

一萼紅　秋興

曹爾堪

盼芳洲。有白蘋幾許，分繞綠溪幽。樹老藏鴉，蘆深避雁，漁歌喚起沙鷗。輕夢隨、一枝柔櫓，睡過了、楓葉伍塘秋。怪煞西風，故將殘柳，綰住閒愁。堪歎駒陰如駛，挽江邊逝水，佳麗難留。雲散巫峰，雨昏湘浦，魂銷燕子磯頭。親見偎紅倚翠，就今日、霜鬢對寒篝。暗數當年豪舉，分付東流。

一萼紅　小窗

僧宏倫

小窗幽。剩殘紅泫露，猩血暈酣柔。拋下蜂鬚，一絲春腳，釀成多少閒愁。怎怪得、啼鶯聲苦，待將要、花事訴從頭。碧樹雲涼，夕陽天遠，生怕登樓。幾許關心舊事，聽零鐘碎雨，坐冷香篝。一硯春冰，半爐茗火，頻搔短髮颼颼。梁燕相商甚事，想嗔我、簾額下銀鉤。攪破曉來殘夢，煙月揚州。

一寸金　蓮花

彭孫遹

水面新妝，小着紅綃弄煙霧。似豔分霞暈，倚闌微笑，嬌含檀粉，向人低度。獨立愁無侶。覓舊日、張郎何處。乍臨風、一種輕盈，玉奴初學臨波步。　此夜瑶臺，月明香細，翠袖沾清露。問玲瓏雪藕，幾時絲盡，鮮妍蓮子，爲誰心苦。正隔江欲採，盼佳期、美人遲暮。訴相思、有恨無情，夢斷西洲路。

薄倖　題壁

曹溶

緑楊絲綰。勒馬處、一程雲棧。漫佇想、安排此夜，知入誰家淚眼。試説與、宿雨餐沙，三秋禁斷閒簫管。更止酒新盟，攀花密咒，青鬢偎人不暖。　向有限關河裏，偏只見、悲歡聚散。記粉巾鴛字，歌裙鳳縷，尋思誤把歸期緩。不干緣淺。要迷踪困影，山尖海角填情滿。自歡自惜，莫負風亭月館。

薄倖　曉起

吴棠禎

辛夷樓外。春睡起、花梢日在。正嬌眼、乍開還倦，風動合歡裙帶。想昨宵、明滅銀燈，郎來夢裏人無奈。且官柳描蛾，聖檀畫額，小立鏡邊多態。　行到鴛鴦池畔，却又被、蝶嗔鶯怪。憶金鈿鬬草，玉笙吹月，錦屏舊日同歡愛。病因誰害。自琴心一許，人前來往翻多礙。露濃鞋滑，猶摘櫻桃斜戴。

風流子　虎丘春日記所見

魏學渠

春風吹過處，畫船裏、瞥見洛神來。正新黛含嚬，斜支皓腕，宿妝隱笑，微暈香腮。銷魂盡、杏花經雨豔，柳帶逐風迴。雀扇輕遮，羞招伴妬，星眸私注，怕惹郎猜。　侍兒偏嬌姹，便素娥青女，綽約追陪。僥倖登山臨水，步逐芳埃。恰稽首絲幢，鶯聲細囀，潛遊蘭徑，鴛跡低徊。索向朝雲暮雨，爲賦陽臺。

風流子　無題

趙　鑰

伊人花片似，纔黏水、便自肯隨行。記野草征車，金卮共倒，江樓夜雨，畫舸同聽。常縈恨、音書疏款曲，藥餌減娉婷。湖上風吹，黄鸝唤客，揚州夢覺，翠被呼卿。春來頻佇盼，經秋過、又見敗葉飄零。辜負長箋鄭重，軟語丁寧。自巫峽岧嶤，人間無雨，銀河悵望，天上疑星。欲問姻緣離合，請話三生。

風流子　寄憶

秦松齡

幾年成夢想，無端處、喜得見嬌嬈。自玳瑁筵開，乍逢一笑，芙蓉帳暖，共話連宵。當此際、藏鈎移玉腕，按曲和鸞簫。畫燭珠簾，未醒宿酒，淡煙疏雨，忍過楓橋。風塵摇落客，歸期迫、已逐雲散香飄。無數别離情事，何處能消。只錦帶新歡，難忘昨日，梅花密約，記取今朝。此後椒盤春酒，索向無聊。

風流子　和前　嚴繩孫

荀郎多病後，魂消盡、依約見傾城。正梅粉乍舒，舊家門巷，柳絲斜彈，别樣才情。更幾度、玉釵寒撥火，銀甲夜調箏。斗帳珠瑩，檀心偷展，鳳燈香灺，花睡難成。無端歸去也，人何處、夢裏應喚卿卿。空把鵝兒酒暖，杏子衫輕。怕油壁西陵，雨孱風僽，美人南國，緑怨紅驚。爲待蘭舟催發，重聽流鶯。

風流子　和前　秦保寅

當年人隱約，桃花路、青鳥信悠悠。想敲斷玉釵，丁香緘恨，渡來銀漢，荳蔻含愁。如今見、華燈催按曲，斜日看梳頭。着意矜持，低鬟輕笑，自然風度，無語凝眸。泰娘皋橋路，歸時應不忘，曲巷重樓。更記酒闌調瑟，燭暗探鈎。怕横塘夢斷，錦書難托，山香舞罷，翠袖誰收。待得梅花如雪，一半春休。

風流子　和素庵感舊

閨秀徐燦

只如昨日事，回頭想、早已十經秋。向洗墨池邊，裝成書屋，蠻箋象管，别樣風流。殘紅院、幾番春欲去，却爲個人留。宿雨低花，輕風側蝶，水晶簾捲，恰好梳頭。西山依然在，知何意、凭檻怕舉雙眸。便把紅萱釀酒，只勸人愁。謝前度桃花，休開碧沼，舊時燕子，莫過朱樓。悔殺雙飛彩翼，誤别瀛洲。

過秦樓　松陵城外經疏香閣故址

陳維崧

鳥啄雙環，蝶黏交網，此是阿誰門第。墊巾繞柱〔一〕，背手循廊，直恁冷清清地。想爲草没空園，總到春歸，也無人至。只櫻桃一樹，有時和雨，暗垂紅淚。　料昔日、人在小樓，窗兒簾子，定比今番不似。望殘屋角，立盡街心，何處玉釵聲膩。惟有門前遠山，還學當年，眉峰空翠。憶香詞尚在，吟向東風斜倚。閣係才媛葉瓊章讀書處。

【校】

〔一〕「柱」原作「住」，據清康熙刻本《迦陵詞全集》及《瑶華集》改。

過秦樓　憶往

僧宏　倫

寂寞琴書，蕭條旅舍，正是晝長人倦。桐陰小徑，水墨長廊，一日幾回行遍。休把往事思量，剗地愁來，重門難掩。自賓鴻一去，關河千里，夢遥人遠。　微記得、紅藕香中，紫薇花下，立罷暑微涼淺。鳳團聲細，鴨裹煙消，容我簟紋先展。斜靠紅欄小亭，茉莉香濃，倩題紈扇。歎雙魚信杳，忍見塵生筆硯。

小梅花　暮春寫懷

許大就

春光暮。花飛數。鷓鴣啼斷江南路。燕將雛。徑浮荷。水邊楊柳，四面受風多。江雲冉冉日沉閣。倚闌人靜聞吹角。正愁時。問花枝。嫣紅瘦處，添得鬢如絲。　聊復爾。可憐子。排悶看心史。大江東。幾英雄。吴宫花草，聽盡景陽鐘。投壺玉女知天醉。急挽銀河洗蒼翠。亂雲收。碧天幽。玉笛横吹，一散萬古愁。

洞庭春色　自感

閨秀顧　氏

掠鬢梳鬟，弓鞋窄袖，不慣從來。但經營料理，茶鐺茗椀，親供灑掃，職分當該。還謝天公深有意，便生就、粗疏丘壑才。吾衰矣，任斜陽日影，短景頻催。　閒身不妨多病，且憑他位置荒臺。伴香濃琴靜，百城南面，青緗滿架，湘軸成堆。一縷輕煙和字煮，只數點、秋花手自栽。都休也，便蠅頭蝸角，於我何哉。

玉山枕　別恨

萬　樹

折柳初唱。強斟盡，梅花釀。隔簾手語，搴帷目送，船坐春波，已在天上。繡羅囊子背人投，到別後、細看呆想。寫幾行、小字叮嚀，更叮嚀，這情兒怎忘。　揭來知各盈盈望。奈煙岫、重重障。敗林逗雁，寒燈暗雨，兀坐添衣，瘦影相傍。半床寥廓一窗寬，没處把、寸心安放。只自將、舊事思量，轉思量，有誰堪說向。

惜餘春慢　寄興

曹　溶

倚玉緣多，持裙命薄，酒與驪歌相應。荷欹翠榜，鷺宿紅舷，歸興風波不定。還憶繡帳低垂，半捻初成，懨懨愁病。要東君着意，催温送冷，試他情性。　大抵是、生長豪華，冰肌柔雪，未卜明珠可聘。停鉛減黛，閣雨躭星，剛説才人無行。幾度掌内擎來，襯軟勾鬆，一分猶剩。奈從今、斷雁荒雞，何處鶯儔蝶倖。

丹鳳吟　言懷

張允欽

做冷梅花風信，小疊香篝，亂書堆裏。故人天外，書倩春鴻難寄。陸羽茶經，王恭鶴氅，一室松煙，閒凭棐几。且喜門無剥啄，滴露研硃，無愧鄭康成婢。　辭了含香殿側，清風兩袖歸來已。不用塵襟洗，笑畫眉人老，筆花凋未。人嗤落莫，我愛青氈家世。自擷園蔬供午餉，脱粟炊紅米。莫嫌兩鬢，鏡裏鬭霜膩。

沁園春　題美人畫芙蓉

曹貞吉

嬝嬝亭亭，何處折來，芙蓉一枝。是青溪士女，寫生妙手，花光粉膩，游戲爲之。縱使無情，也應有恨，月白風輕欲墮時。堪憐處，傍沙汀蘆岸，掩冉風姿。　多愁多病蛾眉。便畫出、傷心寄阿誰。憶紅樓倦繡，輕拈小筆，烏絲罷詠，淡抹唇脂。更費雌黄，枝頭點染，添箇翩翩蝴蝶兒。吹能起，笑拂蠅成誤，老眼迷離。

沁園春　詠美人踢毽子

陳維崧

嬌困騰騰，深院清清，百無一爲。向花冠尾畔，剪他翠羽，養娘篋底，檢出朱提。裹用綃輕，製同毬轉，簸盡牆陰一線兒。盈盈態，訝妙踰蹴踘，巧甚彈棋。　鞋幫只一些些，況滑膩纖鬆不自持。爲頻誇猥捷，立依金井，慣矜波俏，礙怕花枝。忽憶春郊，回頭昨日，扶上闌干剔鬢絲。垂楊外，有兒郎此伎，真惹人思。

沁園春　殘月

顧貞觀

殘月幽輝，宿昔見之，豈其夢耶。任寒堆一枕，鈿珠零落，塵縈半榻，箏柱欹斜。妾命如斯，郎行何許，裙扇留題滿狹斜。鱗鴻便，莫栖香正穩，忘了天涯。　也應遊倦思家。算不抵、孤眠人歎嗟。鎮未忺懷抱，慵偎暖鴨，斷無消息，悶數歸鴉。雪壓霜欺，別來真個，瘦盡中庭萼緑華。誰傳語，道春風多厲，强飯爲佳。

沁園春　互道小名

陳世祥

繡帖針慵，篆篝煙膩，春困瞢騰。恰踏青姊妹，歸來鬬茗，學書鄰女，央與調笙。並影生憐，偷閒覓會，總把風流各自矜。嬉游罷，更量鞋比髻，一樣心情。　相攜坐近紅櫺。把乳字、和伊叫一聲。笑夢中忙應，曾聞郎唤，簾前低説，生怕人聽。阿姊頻催，小姑偏澀，吐向脣邊已面頳。重相問，莫他時歡會，叫出還生。

沁園春　美人齒

董以寧

看去纖勻，生成伶俐，掩映偏宜。念襯處添紅，榴編細貝，露時凝素，瓠剖明犀。刷後留芬，談餘剩慧，啟向風前一笑遲。曾儌倖，有姓名輕挂，何福消伊。　問來年紀應知。每剔罷、沉思叩欲低。更吟費推敲，咬鬆毿管，繡商深淺，嚼爛絨絲。漱石應同，拈梅欲冷，難畫楊妃病抵時。銷魂處，向檀郎戲嚙，印臂痕微。

前調　美人膝

摇動衣紋，蹴開裙衩，似鶴仙仙。正藕覆交籠，垂過素笋，花茵盤坐，加上紅蓮。蜀國琴横，華山錦蔽，補屋纔容也自妍。還堪戲，爲勝常數四，宛曲遷延。　有時晝擁床邊。好一任、蕭郎做枕眠。更愛欲頻登，促來綺席，愁教獨抱，閣盡吟箋。誓月幽窗，拈花法座，屈向氍毹較可憐。如今見，有阿侯旋繞，長在伊前。

沁園春　偶拾遺履，戲詠

黄蛟起

窄窄春羅，是誰遺下，還留水濱。想玉階小立，苔尖印瘦，香塍緩步，蓮瓣痕勾。嬌怯人扶，羞憎露滑，私被郎窺半帶嗔。知何事，奈鳳嫣金縷，鴛折鸞分。　凌波巧樣猶新。試拾取、偷擎掌上頻。念湘裙深護，春風傳恨，香泥斜沁，螺指留紋。那似今朝，偏逢此際，如見雕欄響屧人。歸去也，莫鄰姬猜問，欲寄無因。

沁園春　詠煙

閨秀張　蘩〔一〕

竹影摇窗，瓶花落案，晝景依然。奈春困難支，宿酲未解，鳳團初熟，獸炭猶燃。漫檢湘囊，笑拈銀管，金屑毿毿素指傳。湘簾外，裊雲煙一縷，繚繞花前。　欄干。徙倚俄延。漸粉腕、嬌凭小婢肩。任寶鴨香消，懶添蘭麝，雲環斜墮，慵整珠鈿。半晌瞢騰，片時掩冉，一枕邯鄲別有天。還堪戀，怕柔腸乍冷，願與流連。

【校】

〔一〕原作「張繁」，據清康熙刻本《瑶華集》改。《瑶華集·詞人》：張蘩，字采于，長洲人，集名《衡棲》。

摸魚兒　悼紫雲

史鑑宗

正愁人、梨花絲雨，釀來春恨如醉。玉鈎何處銷魂曲，長笛一聲吹碎。燈下淚。都化作、落紅點點風前墜。這番憔悴。向斜日荒原，一坏馬鬣，杜宇數聲裏。　當年會，楊柳曉風情味。煙江縹緲無際。玉笙指冷春寒夜，此意只君應記。君去矣。空剩得、驪珠一串梁塵内。返魂無計。看燕燕鶯鶯，朝朝暮暮，夢繞亂山翠。

摸魚兒　清明悼徐郎

史惟圓

正堪憐、畫橋煙柳，風流暗想如許。歌喉長憶當筵逞，淪落今歸黄土。江上路。空望斷、杜鵑聲裏無歸處。怨春無主。任無賴東風，幾番作惡，零亂捲飛絮。　思前事，攜手長隄日暮。曲終人醉南浦。梨花昨夜枝頭好，還似掌中相覰。寒食雨。只落得、孤墳夜掩青松樹。舞衫抛去。領幾隊笙歌，夜臺供奉，猶唱斷腸句。

摸魚兒　春雨　沈岸登

但庭前、楝花風過，疏疏零落階砌。朝雲未破重幃夢，故作廉纖天氣。春去矣。判滿眼、紅酣緑唾留無計。踏青曾幾。自挑菜歸來，湔裙去後，鎮日小門閉。　更慵把，鏡檻簾鈎挂起。淒迷還亂人意。無邊煙草天涯路，迷却狂夫歸騎。最恨是。辜負了、雙鬟小鳳釵頭膩。誰憐不寐。任午簟將愁，夜篝做冷，聽到打窗細。

摸魚兒　無題　華文炳

羨楊花、别無拘管，天涯忽又吹轉。東風了不關情緒，只蹙黛眉山遠。香閣晚。把蜀紙、題成楚館傷春怨。湘裙帶緩。看水上銜泥，舊巢雙燕，飛去柳陰岸。　紅顔誤，多少韶華暗换。殘英如許零亂。傷心只作昭陽看，畢竟寵深恩變。思會面。縱買就、千金一賦何由見。淒涼應遍。從古嫉蛾眉，輸他金雀，巧共翠雲綰。

賀新郎　優人新婚

李天馥

夫子門楣異。却贏來、嬌羞事業，風流經濟。一向喬妝身請妾，此舉差强人意。指山海、香盟粉誓。笑煞逢場花燭假，喜今宵、花燭真滋味。貪美滿，恣殢。　箇儂休作男兒覷〔一〕。料無非、鉛華伴侣，裙簪班輩。正自難分姑與嫂，漫道燕如兄弟。恐還是、趙家姊妹。兒女温存原自慣，願卿卿憐婦如憐婿。今何夕，三生會。

【校】

〔一〕「儂」原作「濃」，據清康熙緑蔭堂刻《百名家詞鈔》本《容齋詩餘》改。

賀新郎　西窗有感

沈　謙

雪滿皋亭路。正西窗、小梅數蕊，銜寒欲吐。獨酌無聊人也醉，一霎天低日暮。驀地裏、蘭燈偷炷。睡鴨濃香熏素被，命如絲、怎把長宵度。簾外冷，叫鸚鵡。　舊遊零落憑誰訴。憶池亭、疏簾摇暝，斷虹截雨。釵墜桃笙呼不醒，暗裏冰肌親拊。奈天樣、紅牆間阻。錯是當時真錯了，便六州聚鐵應難鑄。眸炯炯，聽街鼓。

賀新郎　長安七夕

萬樹

月淡胭脂渚。共高擎、紅螺勸飲，試呼河鼓。聞道逋錢三百萬，謫向東西別住。轉不及、憑肩私語。我有新詞堪代贖，好爲君、譜作長門賦。何用隔，鵲橋渡。　天孫笑領催妝句。儘今宵、鴛機剩巧，都將分與。乞巧愚溪終未巧，愚或翻爲巧誤。把兩字、總銷除去。惟有醉鄉豪放好，問巧歸何處愚何處。相枕藉，不知曙。

賀新郎　春怨

沈豐垣

不放春光去。仗樓前、千株暗柳，片時遮住。無奈東風吹偏急，誰惜茫茫飛絮。都只管、亂拋行路。春太難留人易老，怪銷魂橋畔銷魂樹。空惹得，淚如雨。　一春不合因愁誤。縱而今、賞花醉酒，也傷遲暮。枝上流鶯花間蝶，記起舊時歌舞。奈密約、終成間阻。倚枕分明春又在，一絲絲、夢裏黃金縷。燈再剪，夜三鼓。

賀新郎　題二喬觀兵書圖

華長發

並倚朱欄側。注秋波、十三篇上，沉吟籌畫。記昨沿江傳警報，列遍魏家旌戟。正笑殺、阿瞞癡極。甚日銅臺雙就鎖，只甄妃、偶被君家獲。儂姊妹，倘空憶。　兵符兩兩簪花格。舊江山、青葱如畫，翻成赤壁。娘子軍行無失算，襯出周郎功絶。笑諸葛、遺巾遺幗。但訝蘭房機密事，怎而今、畫譜流傳得。問誰個，漏消息。

賀新郎　感懷

顧衡文

一抹斜陽影。正征鴻、横塘欲下，舊時相認。芳信不傳雲路杳，還對數峰清冷。更領略、霜淒煙暝。瘦去衫輕寒易逼，怪西風、也只無情甚。熨未展，眉尖愠。　悠悠身世悲蓬梗。問人生、可堪回首，少年清鬢。天付閒愁千萬疊，也算一分風韻。只此恨、有誰能省。三載孤吟清夢短，怕尊前、未許當時俊。還念我，飄零盡。

賀新郎　詠佛手

蔣景祁

秋老黃金綴。巧無端、慈王端現，竹林香細。未識全身高丈六，千手垂垂着地。看接引、殷勤如是。合掌當空參悟了，怎教伊、無色聲香味。曾悟得，西來意。　清清冷冷誰堪似。最相宜、香閨繡佛，晝閒人起。底事恒河難比數，屈盡纖纖玉指。又解向、空門妙理。道是無情情不斷，只時時、合掌持蓮偈。願滴作，楊枝水。

賀新郎　元宵

閨秀顧　氏

對月能閒坐。似空山、更寒人靜，雲深煙鎖。道甚新春愁緒減，依舊寂寥無那。誰領略、滿城燈火。看遍小屏風上畫，只梅花、清瘦還如我。邀素影，成三個。　韶光一瞬隨風墮。鎮消停、幽蘭香裏，羅浮夢左。睡鴨頻移瓶注水，便是長宵工課。垂紙帳、擁書高卧。鳳頸微沉門靜掩，又何心、問踏歌簫鼓。蓮花漏，從教數。

法曲琵琶教念奴　長安七夕

丁澎

帝里繁華，勾欄酒市，銀燭清光如晝。雕鞍並挂流蘇，香車出紅袖。砑光帽、鵝翎斜彈，五明障、鸞頭鋪繡。夜靜天街，御橋月映，笑語同攜手。洞簫何處，霓裳第一先奏。休辜負。看星毬、蘭膏明滅，宫漏永、一派笙歌時候。鬧隊子、永豐坊裏，多少是、梨園行首。拾翠歸來，釵横鬢亂，暖玉鮫綃透。重挑紅灺，太平共醉春酒。

洞仙歌　中秋訪舊不遇

鄒祗謨

從别後，千迴夢憶，何處琴挑香惹。記小語憐惜，芳姿俊雅。紅梨微醉金蟬亞。搴繡幕、認得雨嬌雲姹。便一刻，算作百年聲價。清暇。　長回首、綠屏深曲，輕啼淺笑，頓覺鴛被生寒，總負鮫珠頻灑。白頭吟就偏驚訝。更細數盟言，織就迴文重寫。那便得、眼前玉人如畫。素娥幽冶。忍使夢遊拋捨。梧桐下、寸心斗酒爭芳夜。

金明池　春閨

王　鐕

别墅煙波，空閨簾幕，燕子飛來兩個。春夢斷、鳩鳴金屋，正殘照海棠欲墮。緑楊花、方聚池限，却又被、鴛侶雙雙遊破。看照水夭桃，還如人惜，鏡裏紅顔虚過。悵望歸期春又左。奈絮亂絲縈，寄情靡所。題長錦、紅書鄭重，盼遠道、碧山嵬瑣。念蕭郎、也自懷人，在月館抽琴，煙江凝舸。好應夢歸來，樽前一笑，猶及薔薇花朵。

送征衣　本意

魏學渠

憶離觴，柳眉暈緑，桃臉凝紅，馬上初試春衣。金風動、草萋萋。相憐苦寒處，深愁蛾斂，短歎蛩知。拈紈素、千絲萬縷，連夜織、落支機。量腰圍、寬窄何如，燈灺剪刀遲。　斜斷流黄幾尺，更漏淺、雁群飛。傷懷秋來思繭，霜到辭絺。胸前縫却月，君心肯照，早卜歸期。又何須迴文錦字，薰百和、手封題。判今宵、芳情一線，殘夢繞遼西。

畫屏秋色　蕪城秋感

彭孫遹

野照蕪城夕。送遠目、雲水蒼茫不極。瓊蕊音遥，青樓夢杳，玉鈎人夕。何處認隋宫、見衰草寒煙堆積。攢一片、傷心碧。聽柳外哀蟬，風高響滯，如訴興亡舊恨，聲聲無力。今昔。可勝悽惻。莫重問、錦帆消息。竹西歌吹，淮南笙鶴，盡成陳跡。轉眼又西風，辭巢越燕還如客。落葉千重蕭摵。萬事總消沉，惟有清江皓月，曾照昔人顔色。

春風嫋娜　隋堤煙柳

閨秀湯　萊

憶荒臺舊苑，浪説隋朝。龍舟歇，管絃消。只沿堤、剩有殘陽疏影，繫人愁思，幾許長條。嫩緑將舒，淡黄微改，二月春風似剪刀。曉霧低迷臨古渡，暮雲黯淡傍河橋。遥望三眠未起，臨風學舞，渾一似、長折纖腰。眉鎖恨，黛含嬌。依稀欲見，愁重難描。塞外一聲，征夫淚滿，門前五樹，隱士風高。驪歌送盡，任今來古往，興亡不管，付與漁樵。

白苧　閨怨　徐昌薇

冷悽悽，小樓外，月明風細。玉尊酒滿，此際與誰同醉。紗窗閉、爐香燒罷自孤睡。展轉不成眠，又怨道、涼生羅袂。黯然無語，暗裏自彈雙淚。那堪他、陰蟲唧唧鳴荒砌。提起。柳下相逢，花間密約，如塵似雨，歷歷舊情能記。正剪紙題詞，指燈作誓。緑羅窗曉，見釵梁墜枕，粉痕在臂。剗地分飛，忍便將伊，真個抛棄。好倩秋鴻，再把香牋寄。

蘭陵王　春閨　萬樹

晚寒薄。白苧輕衫試着。菱臺側，剛畫兩蛾，遽逐鶯聲出妝閣。鬟雲尚欠掠。鬖鬌偏能勝昨。花香處，蜂蝶趁人，春聚紅亭碧欄角。尋思夜來約。早喚取鄰娥，同賞紅藥。攤錢花底贏金雀。乘勝賭雙陸，又還輸却，拈將骰子盡擲落。罵小玉教錯。閒謔。檢書橐。被檢出新詞，小字蚊腳。高吟故遺鸚哥學。這一片情事，惱人猜着。含羞強笑，猛搶得，且爛嚼。

蘭陵王　春夜，病中聽雨

沈　謙

晚風厲。十二簾櫳垂地。燈忽暗，不許結花，鎮日撩人有何喜。小鬟熏素被。耿耿全無睡意。廉纖雨，却又打窗，問道三更過還未。　尋思轉無味。怎偏我逢春，愁病相繼。紅橋曲巷迷征騎。曾持酒低勸，寫詞偷和，寶釵撥火人半醉。恁時節將睡。　憔悴。更腰細。問枕上鶯聲，何日相慰。枝頭春色今餘幾。怕粉蕊煙透，檀心滴碎。問天何恨，也有恁，許多淚。

十二時　得書

吴棠禎

爲伊行，名兒都累，怎忍霎時拋棄。纔接得、平安書紙。寫出相思兩字。密句傳心，柔言訴恨，悄地生驚喜。還再看、一半荒唐，一半支吾，總是没些情意。　記去年，曾封遠信，今日欺人如此。便放燈前，思焚燭内，擲下重收起。待歸時相會，持來好問詳細。　出袖中，從頭又讀，也有十分牽繫。强似鄰家，果然薄倖，不把魚箋寄。且答他小札，付將征雁千里。

十二時　無題

龔鼎孳

隔江樓，月湧銀濤，偏是紅綿難洗。正絮撲、棠舷星稀。蕙幄懨懨花氣。中酒心期，垂簾時候，旅館疏砧起。殘堞外、一片荒雞，半入畫笳，吹到孤眠人耳。幽夢中，重尋後會，豈似麝裙同繫。笛瘦銀鞍，釵斜玉鏡，寸寸含情地。别路千萬疊，長亭只在望裏。暗忖量，藍橋約近，領略三生恩意。兩字驪歌，暫時南浦，豈負濃香被。宛轉官柳側，終憐好春輕棄。

大酺　無題

洪昇

羨杏花飛，楊花舞，間繞珠簾瑶席。畫羅歌扇底，見朱唇粉面，春醪同色。醉月鴛鴦，夢雲鸚鵡，都似東風無力。中筵停羯鼓，奈暗裏關心，貂裘淚濕。任玉樹庭前，零亂裙腰，没殘苔跡。沉沉銀漏滴。早忘却、新露塗階白。猛判取、徵歌百隊，澆酒千觴，莫相疑、季倫梓澤。還笑江潭客，鎮憔悴、獨醒何益。一片月光如雪。鷓鴣啼罷，又是數聲横笛。此懷怕人知得。

玉女揺仙佩　有訪

吴棠禎

杏花溪曲，訪得佳人，住在晶簾珠屋。蝶粉浸衣，雲香堆鬢，嫩頬削成紅玉。開鑑重妝束。道春來多病，懶施膏沐。眼斜横、低低笑問，昨日紅箋，曾寄銀鹿。怨離別經時，楊柳都青，芭蕉盡緑。

邀入池邊深閣，篆鼎琴床，更列圖書幾軸。鱠薦江鯽，茶烹雪乳，翠袖擎將醽醁。見月明山谷。説今夜、千萬屈郎同宿。況人静、板橋路滑，如何歸去，辟寒香暖芙蓉褥。閉紗窗、自移銀燭。

玉女揺仙佩　酒後放歌

侯杲

青門製芰，黑髮懸車，自學東山歸早。拾翠尋芳，同人載酒，日把壺觴傾倒。枝上春禽報。傍雕欄紅抹，海棠開了。頻消受、簾底清歌，尊前皓月，儘堪舒嘯。愛兩槳春波，蛟水龍峰，每常時到。

説任金鎔少伯，絲繡平原，一抹春城殘照。耆舊門牆，美人羅綺，過眼煙雲沙鳥。響屧空廊杳。衹剩取、舊日吴宫花草。趁不上、鴟夷一棹，幾多閒事，閲殘青史誰能料。盡付與、漁歌唱曉。

多麗　上元

顧景文

等卿來。甚風吹下瑶階。不多時、麝沉檀膩，倩人扶出金釵。背燈花、也曾同笑，澹春山、依舊驚回。杏子紅裙，鵝兒黄袖，一尖新窄過年鞋。畫屏風、飛瓊蕚緑，生怕鬬身材。纔瞥見，癡魂消盡，燭淚成灰。判今生、隨香泊粉，陪伊小立天街。盼春來、二分春去，憐花睡、一夜花開。淚浣征衫，心箋恨字，緑鱗黄耳信音乖。無計是、參横月落，選夢寄妝臺。懨懨瘦，踏青近也，懊惱離懷。

多麗　冬閨

張淵懿

雪初消。寒雲更凍平橋。看西風、將人冷落，今宵猛似前宵。雁聲中、幾家妝閣，馬蹄下、萬里荒郊。金縷籠沉，紅綿壓剪，梅花樓上又吹簫。怎禁受、悄移芳枕，推挫盡無聊。空抛却，鳳幃鴛襪，夜夜朝朝。記當時、香酣酒醒，低迷短夢爭饒。淺煙收、柳枝惹恨，輕釵卸、翡翠扶嬌。遠浦斜陽，曉山落月，凭闌何處最魂銷。縱留取、寶絃依舊，誰唱繫裙腰。年年是，斷鐘殘漏，斷送回潮。

多麗　贈内

吴　綺

夢兒中，猛唤一聲堪惜。幾年來、狂多醉少，不逢些好消息。又長安、杏花紅處，看他人上馬顔色。青草衣袍，黄花顔面，一床寒雨愁空滴。牛衣冷、籠頭布帽，燈影弄餘碧。三更後、封侯枕上，醒來無跡。　笑人裏、平原絶少，那有黄金迎客。爲伊行、冷心温熱，又重把、唾壺共擊。碧碗澆愁，紅衫揾淚，鷫裘沽酒陶家甓。更憐取、歌成五噫，同讀還同懌。臨邛去、秋雨茂陵，忍添鸞隻。

箇儂　有憶

沈豐垣

豈無因見也，奈見後、重悲離别。還思見時，心情常帶怯。軟語關切。背倚東風祝，莫如柳絮，更莫如明月。輕狂飛去隨波没。一夜纔圓，多時是缺。誰知竟成間闊。漸病傷幽素，暗損肌雪。待同心未結。想盟言虚設。懷袖三年，錦書將滅。鏡中猶記紅靨。似尋春杜牧，不堪悲咽。待重問、渡頭桃葉。怕江水迢遞、驚魂已斷，夢難飛越。枉凝盼、暮靄層疊。放珠簾、隔斷雙歸燕，也教孤孑。

箇儂　偶憶　查容

記亭亭畫舸，似有意、窺簾端正。雁齒橋南，魚鱗春浪靜。兩槳相並。問個儂何處，傍人不覺，已暗通名姓。柳絲牆角東風定。燕子初來，猧兒未醒。凝眸一聲先請。漸凌波素襪，陪入香徑。闌干微凭。甚輕寒做暝。泥趁紅篝，少添麝餅。憐他半懶情性。漫垂肩皸袖，鬢雲纔整。年年是、慣愁多病。更懊惱、落拓江湖，小杜舊時光景。雙蛾斂、板歇杯剩。把鈿釵、撥向爐灰裏，書成薄倖。

玉抱肚　效楊無咎體，用原韻　萬樹

鶯憐孤坐。花羞單卧。几來朝不啟鸞臺，任從雲髻斜鸋。恨匆匆便別，除非是、收拾離魂共飛舸。把書暗寫，細與說破。將何物、表情可。　解得酥胸，紅襴贈、伊須鑒取，情深是真個。更教伊、緊向胸前鎖。更囑伊、慢將人前墮。這輕羅、一幅雖微，論人情意則大，幾時歸麼。可憐是、瘦損身兒病相挫。怕只怕的，霎時價、又春過。對抹胸、須憶我。向迴廊左。攜手更語，把筆跡、付燈頭火。

六州歌頭　作箇僮約

鄒祗謨

僮來語汝，約法告兒曹。吾所命，只數事，汝毋囂。記來朝。紅藥闌干畔，縛棕帚，磨苔石，除菊蠹，移蘭盎，早須澆。　庭際几頭丹鯽，戲蘋藻、粉餌時調。便間將短竹，扶植美人蕉。彈雀驅梟。莫逍遥。宜勤應答，捷趨走，護書篋，整詩瓢。燕几側，博山内，水沉燒。火毋焦。煮茶鐺，須熟候，蟹眼聽松濤。　吾無事，痛飲酒，讀離騷。若有客來時候，須滌盞、頻進香醪。且抱琴吹笛，長醉侶漁樵。門掩無敲。

六州歌頭　戲作訓婢詞

董元愷

蓬頭赤腳，金雀自堪誇。閨房事，吾告汝，聽無譁。奈貧家。玉簫閒不御，卸脂粉，調琴瑟，嫻巾櫛，供箕帚，職絲麻。　曉侍夫人，妝鏡親插鬢，輕折鮮花。更膽瓶換水，時護水仙芽。翠袖籠沙。影交加。頻燒金篆，拭烏几，鋪薤葉，剔燈花。整鈿尺，收書帙，月横斜。喚琵琶。背癢搔如意，新浴罷，髻雙丫。　因消渴，憑活火，進新茶。夜静淺斟鑿落，知冷暖、深泛流霞。料秋風未起，團扇莫長嗟。辜負年華。

小諸皋　秋怨

魏學渠

虹影侵階，煙光繞箔，露冷疏桐庭館。正林皋木葉翻飛，長安音遠。憑眺無邊碧草，斜日清砧風晚。送餘音、還共秦筝絲緩。换羽移宫，偷聲減字，便亂來、荻花楓葉，那怕愁人腸斷。難捹處，秋容變。　眉角雙攢，芳心一點。想起杏攏紅暖。只見得、書杳銀鈎，珠垂玉筯，暗卸年華已半。菊蕊東籬初綻。早聽孤雁，啼雲邀伴。被羨雙鶼，琴羞獨鵠，問多情宋玉，新詞冷落，悲懷未慣。憔悴色，遲伊見。

怨朱絃　宗梅岑約游紅橋，泊舟韓園〔一〕，記事

鄒祗謨

放桃花畫舫尋春。緑水迴環，紅雨繽紛。嫩柳絲垂，鶯簧乍囀，陌頭驟起香塵。雷塘何處，小橋流水，瀰瀰瀰瀰粼粼。只鶯花不改，無數簫聲，占斷芳辰。伊道紫宫金彈，我道鈿筝錦瑟，此恨平分。且試向、東風寄語，細與評論。　是誰家、桃葉桃根。鴉黄隱笑，蛾黛留顰。偷傍犀簾，微揎翠袖，的的東鄰。明言未實，暗祝方真。又是夕陽斜處，早難道、且住爲佳，踏遍黄昏。回首秋千索下，猛憶三生石畔，記取腰身。更莫向、西園北里，輕擲消魂。

【校】

〔一〕「韓園」原作「韓圍」，據清康熙孫氏留松閣刻本《麗農詞》改。

哨遍　春晴，和東坡韻

彭孫遹

記得年時，踏青節候，芳草紛鋪地。弄陰晴，景色遍園林，屈指到清明天氣。小池邊，紫燕欲尋新壘，紅襟對掠桃花水。正山杏籠煙，海棠經雨，穠豔天然無比。映高樓何處緑楊枝。又搓得鵝黄千尺絲。總釀就、迷花病酒，懷人幾般滋味。　素手好同攜。鬱金屏外朱欄裏。欲訴綢繆，鸚鵡生憎忒伶俐。看弱不勝衣，柔如無骨，仙裾怕逐東風起。墨染烏闌，袖沾紅唾，脈脈春愁無際。漸畫燭燒殘，繁英飛墜。似綺叢蛺蝶向花低。忙不了、竊香私意。任取粉銷春老，一夢消身世。蓬萊水淺，滄海塵揚，畢竟此情難已。九天鸞鶴倘相招，爲報人生行樂耳。

鶯啼序　題《林下詞選》

周銘

緝柳編蒲，消不盡平生心事。頻回首、舊恨千端，迴腸九折而已。兩字功名容易誤，讀書萬卷徒爲耳。甚英雄老大，心情付與流水。　醉臉横春，好花簪帽，總是閒游戲。笑從來，酒聖詩豪，空留斷簡殘紙。羽觴醉煞謫仙人，綵毫抹到元才子。到而今，費盡雌黃，畢竟誰是。幽悰幾許，好似楊花無蒂。一刻經千金，便檢盡奚囊，錦字成灰，有愁難寄。秦女吹簫，羅敷彈瑟，算來未是消魂候，問何時、禁得窮途淚。霜天好夜，熏爐瑞腦頻添，鄴架牙籤重理。行間脂印，字裏香痕，閨閣多才思。留取松煤研露，翠管調朱，也難描出，柔情密意。換羽移宫，偷聲減字。畫眉樓上停針處，想傷離怨別多相似。儘他魂磊填胸，白雲何據，此生已矣。

鶯啼序　夏景

彭孫遹

半枕新凉，破好夢一聲白鳥。遠鐘歇、曙色霏微，殘鶯啼上林杪。簾幕重重次第捲，雲屏曲曲瀟湘曉。看露濃香細，茉莉又開多少。淺暈纔施，薄鉛不御，衫子裁纖縞。更青青，非霧非煙，眉山兩點慵掃。倚紗窗，梧竹澄鮮，弄薰風，悠揚未了。正深閨，永晝如年，問津誰到。南園此日，滿地緑陰虧蔽，有芳蕖曲沼。乍微雨收痕，翠蓋孤擎，紅衣雙笑。水井敲殘，紋楸彈罷，倦聽高柳玄蟬噪，覺小院、無人愈清悄。簟紋似水，琅玕幾度欹眠，釵鳳墜盤雲攬。歸來庭户，嬌困難禁，繡帶羅裙裊。最是温泉新浴，玉軟花慵，侍兒扶起，風姿偏好。晚凉初薦，輕容重換，碧欄干外梳頭處，恰團圓好月來相照。坐看夜色天街，戲撲流螢，輕羅扇小。

亦園詞選　卷八集句

梁溪侯文燦蔚齩選　男承基大如姪承圻小如編

十六字令　有寄

朱襄

吾盧仝。一片冰心在玉壺王昌齡。吟佳句李專，寄與薄情夫魏氏。

閒中好　春閨

萬樹

李花白賀知章，爲記賞心時上官婉兒。背面鞦韆下李商隱，春風知不知薛濤。

閒中好　夜

侯晰

更漏永馮延巳，無語倚屏風李珣。紅燭消成淚温庭筠，淚痕衣上重顧夐。

摘得新　妓席

朱彝尊

歌有聲李白。朱絃繁復輕温庭筠。碧桐風嫋嫋陸龜蒙，月初生王建。嬋娟花豔無人及畢耀，早傳名長孫無忌。

望江南　曉起商氏園亭

朱彝尊

更五點韓愈，珠箔卷輕寒薛奇童。金谷風光依舊在白居易，紅泥亭子赤闌干李白。迷路出花難宋之問。

前調　詠燕

銜泥燕韋應物，最在美人家芮挺章。盡日聽彈無限曲元稹，等閒飛上別枝花李商隱。一種逐風斜楊希道。

望江南　紀夢　　馮源濟

大隄上李賀，私向夢中歸岑參。折得玫瑰花一朵李建勳，低邊緑刺已牽衣儲光羲。回首是重幃李商隱。

望江南　秦臺　　金鼎

逐仙賞上官婉兒，春色上秦臺李頻。翠袖自隨回雪轉李商隱，玉觴何必待花開白居易。疑是鳳飛來于武陵。

望江南　虎丘　　朱襄

虎丘道白居易，山水作繁華郭良。回望玉樓人不見周由，惹他頭上海棠花成文幹。春色未應賒戎昱。

望江南　拜月　　侯承基

拜新月張夫人，拜月仍有詞妓常浩。天上人間不相見崔灝，終期相見月圓時魚玄機。桂吐兩三枝鮑令暉。

漁歌子　題畫　　羽士陸　泉

暫借南亭一望山白居易。不知斜日下闌干朱可久。揖君去李白，白雲間令狐楚。一聲秋磬發孤煙顧況。

搗練子　黄昏　　華文炳

宫樹暗温庭筠，欲黄昏韋莊。緩步輕擡緑繡裙曹唐。銀燭有光妨宿燕温庭筠，梨花滿地不開門劉方平。

南鄉子　觀伎　朱彝尊

躡珠履楊衡。舞羅衣李白。清歌寶瑟自相依駱賓王。此夜不堪腸斷絶權德輿。紅燭滅李頎。歸去豈知還向月李商隱。

江南春　無題　侯晰

懨懨醉吴文英，思嬌慵顧敻。柳絲金縷斷韋莊，鴛被繡花重顧敻。芙蓉帳小雲屏暗李益，鶯報簾前暖日紅李珣。

憶王孫　即事　潘眉

青春都尉最風流李端。錦袖紅妝擁上樓于鵠。簾幕繿縿不挂鈎張祜。攏梳頭孫光憲。新得佳人字莫愁李商隱。

其二

紅衣落盡渚蓮愁趙嘏。日帶殘雲一片秋趙嘏。潘岳多情欲白頭魚玄機。醉紅樓毛文錫。一夕橫塘是舊遊温庭筠。

憶王孫　春郊　董儒龍

雪毬摇曳逐風斜張先。陌上柔桑初破芽辛棄疾。鶯外紅綃一縷霞賀鑄。野人家鄭域。蔌蔌衣巾落棗花蘇軾。

憶王孫　雨泊　路錦程

夜舡吹笛雨瀟瀟皇甫松。十五年前舊板橋周德華。認得羊家靜婉腰牛嶠。玉璫摇魏承班。拽住仙郎盡放嬌和凝。

憶王孫　秋閨　華宋時

雕籠鸚鵡怨長宵馮延巳。秋夜香閨思寂寥顧敻。瑟瑟羅裙金縷腰和凝。墜花翹韋莊。曉起紅房醉欲銷毛熙震。

憶王孫　春閨　華韶

一渠春水赤欄橋温庭筠。蘇小門前柳萬條温庭筠。枝嫋輕風似舞腰白居易。依蘭橈韋莊。惟有衣香染未銷李商隱。

憶王孫　閨怨　鄭廷鈞

黛眉偎破未重描歐陽炯。便入空房守寂寥胡曾。攏鬢先收玉步摇韓偓。罷吹簫李珣。莫損愁眉與細腰李商隱。

憶王孫　紀夢

侯文熺

一場春夢不分明張泌。二十年前曉寺情元稹。露濕叢蘭月滿庭孫氏。玉纖輕皇甫松。頻倚銀屏理鳳笙卓英英。

憶王孫　初晴

僧宏倫

遠山無月見秋燈許渾。冰簟銀床夢不成温庭筠。玉座煙消硯水清李遠。雨初晴馮延巳。桂殿夜涼吹玉笙李德裕。

前調　落花

水流花落歎浮生温庭筠。身逐孤舟萬里行崔塗。嗚軋江樓角一聲杜牧。夢初驚韋莊。朧月斜穿槅子明元稹。

如夢令　春閨　　董儒龍

燕子來時新社晏殊。耿耿素娥欲下周邦彦。四和裊金凫秦湛，時落銀燈香灺李白。睡也。睡也康與之。繡被春寒夜夜史達祖。

天仙子　西陵　　周　篔

欲竟此曲誰知者司馬逸客。迴看池館春歸也李建勳。醉聞花氣睡聞鶯元稹，西陵下李賀。夜復夜韓愈。欲添爐火熏衣麝劉禹錫。

天仙子　有懷　　侯　桂

楚雨含情皆有托李商隱。梧桐葉上偏蕭索戎昱。三秋庭緑盡迎霜温庭筠，人寂寞韓偓。懷飛閣盧照鄰。彈棋夜半燈花落岑參。

歸國謡　即事　顧起安

向君笑李白。我有嬌蛾待君掃盧仝。低樓小徑城南道李商隱。相思一夜情多少關盼盼。聽春鳥顧況。海棠花謝東風老羅隱。

歸國謡　寄錦　侯承塽

人寂寂韋莊。羅袖嬋娟似無力王翰。寄君千里遥相憶李白。桂花幾度圓還缺李賀。雲中月賀蘭進明。鴛鴦黦錦初成匹温庭筠。

定西番　春暮　董元愷

隱映畫屏開處張泌。鶯對語毛熙震。蝶飛狂和凝。惜韶光馮延巳。羅袂從風輕舉毛文錫。波影滿池塘温庭筠。高捲水晶簾額，襯斜陽張泌。

江城子　有寄　　陸　璇

春被殘鶯喚遣歸白居易。草萋萋岑參。落花飛王勃。風月相知上官婉兒、言念獨依依薛稷。醉起微陽若初曙李商隱，猶宛轉陸士修，舞羅衣李白。

相見歡　春寒　　侯文燿

玉爐殘麝猶濃李珣。小樓中歐陽炯。薄晚春寒無奈、落花風馮延巳。風吹雨李賀。鶯鶯語韋莊。思無窮温庭筠。驚斷碧紗窗夢、畫屏空張泌。

春光好　春恨　　朱彝尊

花嬋娟孟郊。月嬋娟孟郊。早是傷春夢雨天韋莊。思綿綿盧仝。梁間燕子聞長歎李商隱，春將半劉禹錫。舊事思量在眼前白居易。一年年白居易。

楊柳枝　會稽春遊　朱彝尊

渠柳條長水面齊王建。燕銜泥韋應物。花潭竹嶼傍幽蹊儲光羲。草萋萋岑參。油壁車輕蘇小小羅隱。向君笑李白。玉壺春酒正堪攜岑參。若耶溪杜甫。

抛毬樂　西樓　顧貞觀

皎潔西樓月未斜施肩吾。蟲聲新透碧窗紗劉方平。燈前自繡芙蓉帶王建，醉裏同看荳蔻花李涉。託意風流子沈滿願，鸚鵡洲頭第幾家白居易。

點絳唇　春風　朱彝尊

灑露飄煙包佶，無情有恨何人見皮日休。羅幃舒卷李白。莫待花如霰王維。聽不聞聲韓愈，紫陌傳香遠陳翥。陽春半崔湜。柳長如線李賀。舞態愁將斷鄭愔。

浣溪沙　山塘夜泊　朱彝尊

月挂虛弓藹藹明陸龜蒙。春風倚棹闔閭城李嘉祐。酒旗歌扇正相迎陶峴。碧幌青燈風灩灩元稹，紫槽紅撥夜丁丁許渾。一更更盡到三更杜荀鶴。

浣溪沙　閨思　董以寧

欲作家書意萬重戎昱。美人千里思何窮吴融。眼看春盡不相逢元稹。日晚鶯啼何所爲薛濤，一聲腸斷繡帷中宋郊。秋波不動簟紋融獨孤及。

浣溪沙　有思　瞿大發

花謝窗前夜合枝馮延巳。小庭寒雨緑苔微顧敻。不堪終日閉香閨顧敻。河漢期賒空極目魚玄機，水雲迢遞雁書遲李珣。玉郎消息幾時歸亡名氏。

浣溪沙　小窗　侯　旭

半踏長裾宛約行孫光憲。小紗窗外月朧明顧敻。楚雲何處閉重扃韋莊。蘭麝細香聞喘息歐陽炯，淡蛾羞斂不勝情毛熙震。象床珍簟冷光輕鹿虔扆。

浣溪沙　無題　鄭廷鈞

早是傷春夢雨天韋莊。蔫紅滿地碎花鈿毛熙震。江南寒色未曾偏陸龜蒙。仙曲教成慵不理司空圖，碧紗窗下繡床前白居易。玉柔花醉只思眠歐陽炯。

浣溪沙　有寄　顧起文

有底忙時不肯來韓愈。謝家臨水有池臺秦韜玉。杏花爭忍掃成堆鄭谷。膩粉暗消銀鏤合女威，瓊筵不醉玉交盃李商隱。强欺寒色尚低徊陸龜蒙。

減字木蘭花　憶別

朱彝尊

我行自北顧況。薄暮欲歸仍佇立李建勳。言告離衿宋華。一寸迴腸百慮侵唐彦謙。吁嗟萬里歐陽詹。回首可憐歌舞地杜甫。風雨蕭蕭韓偓。二十年前舊板橋劉禹錫。

前調　席上贈妓

良辰旨酒蕭穎士。萬里相逢貪握手杜甫。羅袖初薰王勃。髻聳巫山一朶雲李郢。柔魂不定羅隱。鑿落滿斟判酩酊胡杲。明月流光盧照鄰。見此踟躕空斷腸李白。

減字木蘭花　月夜

朱濤

畫梁塵黦毛熙震。滴滴銅壺寒漏咽毛文錫。香印成灰李煜。月透疏簾遠夢回李頻。中心自愧王勃。憔悴不知緣底事孫光憲。偷取笙吹馮延巳。惟有金籠鸚鵡知馮延巳。

減字木蘭花　尋芳

華紹曾

玉鞭金勒皇甫松。白紵春衫如雪色孫光憲。極目尋芳馮延巳。柳外秋千出畫牆和凝。鶯和蝶到張南史。借問春風何處好杜牧。霧薄雲輕韋莊。拾翠人歸楚雨晴劉兼。

采桑子　紀夢

邵延齡

可憐月好風涼夜白居易，來訪文君王勃。樂過千春李白。莫惜衫襟着酒痕岑參。映簾夢斷聞殘語李商隱，五色氤氲陳子昂。蔚以朝雲張九齡。遥想風流第一人王維。

采桑子　閨思

侯文照

樓上春寒山四面馮延巳，簾幕重重馮延巳。豔倚東風張泌。一隻横釵墜髻叢毛熙震。爐煙淡淡雲屏曲周邦彦，鶯語殘紅歐陽炯。柳色葱蘢韋莊。欲上秋千四體慵韋莊。

卜算子　寄書　張鳳池

幾點淚痕新顧夐，錦字書封了牛嶠。一雁初晴下朔風韋應物，迢遞秦京道孟浩然。却下水晶簾李白，落葉無人掃裴迪。獨立寒階望月華張泌，弓樣鞋兒小舒信道。

菩薩蠻　別意　董儒龍

尊前一唱陽關曲聶勝瓊。垂楊只礙離人目辛棄疾。別語記叮嚀汪彥章。而今忍淚聽楊時可。淚多羅袖重周邦彥。悶則和衣擁秦觀。空有夢相隨韋莊。相逢知幾時馮延巳。

菩薩蠻　無題　陸大成

玉釵風動春旛急薛昭蘊。翠翹金縷雙鸂鶒温庭筠。霓袖捧瑤琴毛熙震。舊歡何處尋李珣。粉香和淚滴牛嶠。皓腕凝雙雪皇甫松。微笑自含春牛希濟。慵拖翡翠裙毛文錫。

菩薩蠻　後園　　杜　詩

回看池館春歸也李建勳。後園笑向同行者韓偓。病酒起常遲韋莊。如何桃李時賈至。花飛有底急杜甫。恐逐芳菲歇妓常浩。以色事他人李白。難成自在身張籍。

菩薩蠻　閨怨　　郭　都

胸前空帶宜男草于鵠。此時不敢分明道韓偓。歲月令人驚田娥。幽閨積恨盈邵士彥。自君之出矣張九齡。目極千餘里劉希夷。獨卧妾何曾鄭谷。通宵不滅燈白居易。

菩薩蠻　夢後　　黃櫄齡

高樓瞪目歸鴻遠唐彥謙。芙蓉帳小雲屏暗劉長卿。千里到河陽元稹。春風引夢長梁鍠。露濃香被冷上官昭容。玉筯垂朝鏡薛濤。是妾斷腸時朱放。君懷那得知郭元振。

菩薩蠻　冬閨　　顧起安

紅絲穿露珠簾冷温庭筠。珠簾月上玲瓏影温庭筠。無語倚雲屏鹿虔扆。紅紗一點燈鹿虔扆。漫留霞帶結顧敻。遠夢猶堪惜和凝。金鎖小蘭房尹鶚。落梅飛曉霜馮延巳。

酒泉子　春閨　　周清原

風月相知上官婉兒，天遣裁詩花作骨李賀，暗題蟬錦思難窮步非煙。騁飛鴻高適。閒朝向晚出簾櫳鮑君徽。好是梨花相映處司空圖，夕陽斜照滿衣紅花蕊夫人。笑春風李白。

酒泉子　採蓮　　馬龍藻

折彼荷花王維，羅袖動香香不已楊貴妃，花深橋轉水潺潺温庭筠。急迴船李康成。娉婷十五勝天仙白居易。正是停橈相遇處朱慶餘，碧雲歸鳥謝家山韋莊。月如弦李叔卿。

酒泉子　和前　陳益信

煙浦花橋温庭筠，疑是水仙梳洗處雍陶，蛾眉新畫學嬋娟司空圖。晚晴天李珣。　見時直向畫屏開羅虬，羽扇摇風却珠汗岑參，蓮舟摇颺採花難滕傳胤。思綿綿盧仝。

酒泉子　和前　顧衡文

士女驚人張何，映水紅妝如可見徐玄之，荷花深處小船通白居易。隔西風温庭筠。　羅衫葉葉繡重重王建。唱到白蘋洲畔曲薛濤，鴛鴦飛出急流中朱慶餘。水光融韋莊。

酒泉子　和前　王士貞

岸遠沙平歐陽炯，一路緣溪花覆水雍陶，芙蓉向臉兩邊開王昌齡。暖相偎毛文錫。　霧綃雲縠稱身裁羅虬。每到夕陽嵐翠近劉商，少年相逐採蓮回花蕊夫人。重徘徊白居易。

酒泉子　和前　顧起佐

習習涼風蕭穎士，幾度豔歌清欲轉陸龜蒙，綠蒲紅蓼練塘秋許渾。採蓮舟王勃。嬋娟二八正嬌羞權德輿。傍岸鴛鴦皆着對花蕊夫人，何曾得見此風流亡名氏。不回頭王建。

酒泉子　和前　華坡

山水相連李珣，笑隔荷花共人語李白，自疑身在五雲中鄭畋。碧江空牛嶠。羅裙蟬鬢倚迎風孟郊。爲見近來天氣好雍陶，新秋女伴各相逢花蕊夫人。思無窮温庭筠。

酒泉子　和前　杜詔

此去何從宋之問，手執木蘭猶未慣施肩吾，畫船驚起宿鴛鴦花蕊夫人。度飛梁盧照鄰。翠鈿紅袖水中央李康成。折得蓮花渾忘却滕傳胤，偷來花下解珠璫紅綃妓。遇陳王長孫無忌。

酒泉子　和前

侯文熺

冒雨相邀駱賓王，船到南湖風浪靜劉商，並船相鬬濕羅衣花蕊夫人。採蓮歸王勃。香風飄拂使人迷史鳳。越女含情已無限羊士諤，浣紗石上水禽栖張籍。若耶溪杜甫。

酒泉子　和前

朱襄

積水深沉盧綸，未識東西南北路李頻，今朝初上採蓮船施肩吾。曉妝鮮温庭筠。背人多整緑雲鬟楊巨源。何似浣紗溪畔住司空圖，破瓜年幾百花顔羅虬。好神仙李白。

前調　上山遲

謂我何憑張九齡，山上有山歸不得孟遲，布裙猶是嫁時衣葛亞兒。上山遲王建。蘼蕪盈手泣斜暉魚玄機。長恨春歸無覓處白居易，看看還是送春歸司空圖。落花飛王勃。

更漏子　閨情　董元愷

雨初晴温庭筠，簾半捲毛熙震。疊損羅衣金線薛昭藴。綃幌碧毛熙震，粉屏空歐陽炯。燈花結碎紅毛熙震。　思無窮薛昭藴，情未了牛希濟。一炷後庭香裊尹鶚。春如剪温庭筠，雨如絲牛嶠。風摇夜合枝馮延巳。

其二

繡簾垂孫光憲，幽沼緑顧敻。倚遍闌干幾曲韋莊。蘋葉軟和凝，草煙低馮延巳。緑窗殘夢迷温庭筠。　玉纖輕顧敻，鳳簫歇顧敻。夢覺半床殘月韋莊。蘭燭炧皇甫松，柳條空歐陽炯。此情千萬重馮延巳。

三字令　閨怨　董元愷

香閨掩牛嶠，泣殘紅李珣。緑陰濃温庭筠。花澹薄歐陽炯，月朦朧李珣。人去去孫光憲，雲杳杳馮延巳，恨忡忡閻選。　空相憶韋莊，畫樓東顧敻。此時逢牛嶠。消息遠馮延巳，錦書通歐陽炯。萬般心馮延巳，千點淚顧敻，一時封馮延巳。

桃源憶故人　閨情　陸大成

景陽鐘罷瓊窗暖温庭筠。斜掩金鋪一扇薛昭藴。睡起緑鬟風亂韋莊。消瘦成慵懶張泌。隔簾微雨雙飛燕李珣。滿地落紅千片皇甫松。惆悵春心無限馮延巳。玉就歌中怨沈佺期。

太常引　感舊　周金然

高亭百尺立當風花蕊夫人。鴛瓦拂冥鴻馬戴。書去客愁中錢起。雲之際劉長卿、良宵會同夷陵女子。蛾眉始約王勃，不顰以笑韓愈，爲我久從容皎然。溝水忽西東張説。幾千里盧仝、因攀桂叢上官婉兒。

滿宮花　送春　董元愷

春欲暮顧敻，遥相顧李珣。花暗柳濃何處孫光憲。西風回首不勝愁李珣，簾捲晚天疏雨毛熙震。春已去王建，顰不語馮延巳。雙鬟翠霞金縷温庭筠。舊歡新夢覺來時張泌，淚滴枕檀無數牛希濟。

西江月　懷李斯年　朱彝尊

萬里三湘客到王建，良辰美景追隨杜奕。花開只恐看來遲羅鄴。去歲暮春上巳白居易。　惟見月寒日暖李賀，不知幾許多時王建。兩鄉千里夢相思嚴武。今歲暮春上巳白居易。

偷聲木蘭花　揚州月夜　侯杲

揚州近日渾成畫于鵠。二十四橋明月夜杜牧。千萬紅妝韋莊。不辨花叢暗辨香元稹。　光陰負我難相遇韓偓。惟恐瓊籤報天曙温庭筠。休説情迷馮延巳。惟有春風仔細知葛亞兒。

偷聲木蘭花　無題　朱昆田

若同人世長相對羅虬。桃葉桃根雙姊妹李商隱。自足怡情上官婉兒。一段風流畫不成亡名氏。　無端鬬草輸鄰女孫棨。頻動横波嗔不語元稹。日暮風吹青溪小姑。小院珠簾着地垂花蕊夫人。

偷聲木蘭花　別

鄒武貞

緑楊陌上多離別温庭筠。一寸愁腸千萬結韋莊。邀勒春風毛文錫。一樹櫻桃帶雨紅馮延巳。碧雲飄斷音書絶紅綃妓。遣妾容華爲誰説張窈窕。獨立花前馮延巳。月過花西尚未眠陸龜蒙。

偷聲木蘭花　偶成

僧宏倫

黄鸝嬌囀聲初歇牛嶠。晴野鷺鷥飛一隻皇甫松。楊柳橋邊馮延巳。晝出晴明二月天韋莊。紅珠斗帳櫻桃熟温庭筠。春草萋萋春水緑玉川叟。依舊東風馮延巳。斜掩朱門花外鐘温庭筠。

滴滴金　即事

朱襄

小隨阿姊學吹笙王建。無非送酒聲劉禹錫。依約年盈十六七元稹，西陵下李賀、早傳名長孫無忌。笑擎雲液紫瑶觥曹唐。欹斜坐不成杜甫。酒入四肢紅玉軟施肩吾，心如醉張泌、負春情韋莊。

醉花陰　春閨

董儒龍

細雨夢回雞塞遠李煜。羅幕春寒淺秦觀。擁被换殘香朱敦儒，春困懨懨柳永，不是寒宵短朱敦儒。畫簾半捲東風軟陳亮。觸目柔腸斷李煜。無處説相思晏幾道，門掩黄昏李清照，獨倚闌干遍朱敦儒。

河傳　採蓮

蔣景祁

團扇王建。雙臉温庭筠。翠顰紅斂顧夐。細雨霏微南唐後主。露華點滴香淚孫光憲，夢裏佳期馮延巳。暗相思韋莊。鴛鴦對浴銀塘暖毛文錫。蘋葉軟和凝。還似花間見張泌。别來依舊歐陽炯，可能更理笙簧李珣。斷離腸牛希濟。

木蘭花　妝成

瞿大發

繡被錦茵眠玉暖毛熙震。欹枕釵横雲鬢亂孟昶。梳洗罷温庭筠，倚闌干李璟，雙燕飛來垂柳院馮延巳。早是相思腸欲斷薛昭藴。淚滴繡羅金縷綫魏承班。小樓昨夜又東風李煜，滿地落花紅幾片魏承班。

木蘭花　春色　侯承垕

庭院深深深幾許馮延巳。百舌問花花不語温庭筠。花寂寞韓偓，日遲遲牛希濟，却斂細眉歸繡户韋莊。
睡覺莫言雲去處魚玄機。香篆裊風青縷縷薛氏。一庭春色惱人來魏承班，終是疏狂留不住孫光憲。

河傳　聽鶯　朱彝尊

花片張南史。深淺張南史。半山晴皎然。落日殷勤早鶯周賀。楚歌吴語嬌不成李白。多情劉禹錫。時時
聽一聲白居易。偶值門開暫相逐元稹。聲斷續盧仝。過盡重重屋白居易。臨高臺王勃。重徘徊清晝。
酌來亡名氏。留君醉一杯戴叔倫。

鷓鴣天　鏡湖舟中　朱彝尊

南國佳人字莫愁韋莊。步摇金翠玉搔頭武元衡。平鋪風簟尋琴譜皮日休，醉折花枝作酒籌白居易。
日已暮郎大家，水平流白居易。亭亭新月照行舟張祜。桃花臉薄難藏淚韓偓，桐樹心孤易感秋曹鄴。

鷓鴣天　怨别

侯文燿

天遣多情不自持韓偓。一生顔色笑西施李建勳。因思往事成惆悵卓英英，澹澹春風花落時杜羔妻。凭繡檻閻選，解羅幃温庭筠。博山爐冷麝煙微魚玄機。畫裙多淚鴛鴦濕施肩吾，化作鴛鴦一隻飛元稹。

鷓鴣天　閨情

侯承基

隔水殘霞見畫衣曹唐。檻前山色茂陵眉杜牧。緑楊滿院中庭月温庭筠，玉笛何人更把吹皇甫松。紅燭背韋莊，畫簾垂韋莊。約鬟低珥算歸期薛昭蘊。小金鸂鶒沉煙細顧敻，枕障薰爐隔繡幃張泌。

鷓鴣天　月夜

僧宏倫

葉滿苔階杵滿城盧弼。一庵高卧在穹冥貫休。涼秋霧露侵燈下羅隱，自剪芭蕉寫佛經戴叔倫。筠簟冷魏承班，月華明孫光憲。橘香深處釣船横秦韜玉。苦吟清漏迢迢極陸龜蒙，何處玉簫吹一聲劉商。

浪淘沙　中秋後二日初度

萬樹

歸夢寄吴檣陸游。雁字成行高觀國。天將離恨惱疏狂晏幾道。王粲登樓寥落際王庭筠，淡月紗窗歐陽修。露蕊鬱金黄毛滂。勸酒持觴周邦彦。田園只是舊耕桑辛棄疾。四十三年如電抹蘇軾，利鎖名韁孫夫人。

其二

一隻木蘭船孫光憲。離恨綿綿花蕊夫人。落花飛絮兩翩翩歐陽修。歸去江南丘壑處劉仙倫，斗帳高眠張孝祥。家在緑楊邊顧敻。茆舍山前劉過。惹窗映竹滿爐煙歐陽炯。舊事悠悠渾莫問盧祖皋，四十三年辛棄疾。

虞美人　春閒

張允欽

櫻花永巷垂楊岸李商隱。花謝鶯聲懶顧敻。翠帷香粉玉爐寒亡名氏。睡起四肢無力、半春閒和凝。

錦鱗無處傳幽意顧敻。拖袖愁如醉魏承班。依前春恨鎖重樓唐玄宗。別是一般滋味、在心頭蜀孟昶。

虞美人　月夜　侯杲

靈臺經絡懸春線李賀。語燕雕梁晚王涯。小窗和雨夢梨花韋莊。惟有阮郎春盡、不歸家温庭筠。一年無似如今夜徐凝。欲有知音者儲光羲。自將裙帶縛箜篌京兆女。彈到昭君怨處、翠娥愁牛嶠。

虞美人　閒立　萬樹

交枝紅杏籠煙泣牛嶠。繡閣香燈滅皇甫松。五雲雙鶴去無蹤張泌。驚斷碧紗窗夢、翠屏空牛嶠。春心莫共花爭發李商隱。幽恨將誰說孫光憲。小釵橫戴一枝芳李珣。獨映畫簾閒立、繡衣香毛熙震。

虞美人　春情　董元愷

已知前事無尋處馮延巳。春恨如何去孫光憲。曉鶯簾外語花枝顧敻。説盡人間天上、兩心知韋莊。枕上夜長長似歲馮延巳。思夢時時睡唐昭宗。越羅衣褪鬱金黄李珣。鬌慢釵横無力、縱猖狂毛熙震。

虞美人　別意

董儒龍

吹簫人去行雲杳劉仙倫。不似相逢好王觀。眼前景物只供愁吴禮之。寂寞梧桐深院、鎖清秋李煜。愁腸已斷無由醉范仲淹。化作相思淚范仲淹。雲中誰寄錦書來李清照。天外不知音耗、百般猜秦觀。

瑞鷓鴣　春思

朱彝尊

尋春何事却悲涼王建。半掩朱門白日長韋莊。已恨流鶯欺謝客温庭筠，不令仙犬吠劉郎曹唐。女蘿力弱難逢地曹鄴，戲蝶飛高始過牆姚合。誰與王昌報消息李商隱，銀釭斜背解明璫裴思謙。

瑞鷓鴣　懷仙

顧　湄

香飄金屋篆煙清戴叔倫。瘦去誰憐舞掌輕韓偓。豔骨已成蘭麝土皮日休，丹書應換蕊宫名王貞白。寧知玉樹後庭曲温庭筠，多似霓裳散序聲白居易。重上鳳樓追故事李頻，水流花謝兩無情崔塗。

前調　無題

玉筯闌干界粉腮劉兼。霧綃雲縠稱身裁羅虬。花應洞裏常時發韓偓，水到人間定不回曹唐。愁態自隨風燭滅李紳，離筵只惜暝鐘催錢起。會須攜手乘鸞去趙嘏，且作行雲入夢來包何。

瑞鷓鴣　代贈

華文炳

黛眉輕蹙遠山微崔仲容。十二峰頭月欲低李涉。紅錦機頭抛皓腕韓琮，紫荆花下語黄鸝朱絳。銀羅宛袖蹲身處張祜，珠箔飄燈獨自歸李商隱。却憶初聞鳳樓笛李冶，門前楊柳爛春暉張窈窕。

玉樓春　簾内美人

朱彝尊

江煙濕雨鮫綃軟羅隱。匀粉時交合歡扇權德輿。千回相見不分明王建，乍去乍來時近遠韋應物。石家蠟燭何曾剪李商隱。五夜漏聲催曉箭杜甫。不如眠去夢中看徐安貞，誰謂含愁獨不見沈佺期。

玉樓春　閨情　董元愷

櫻花永巷垂楊岸李商隱。桃葉傳情竹枝怨劉禹錫。滿庭芳草易黄昏吴融，一去那知行近遠常浩。寶鴨塵昏蟬鬢亂魚玄機。斜插玉釵燈影畔張祜。錦囊封了又重開韓偓，千里夢隨殘月斷李中。

南鄉子　舊遊　朱彝尊

川闊遠天低戎昱。垂柳陰中白馬嘶秦韜玉。君過午橋回首望劉禹錫，東西鮑防。依舊煙籠十里隄韋莊。北渚對芳蹊姚崇。自在嬌鶯恰恰啼杜甫。腸斷舊遊從一别沈彬，尋溪嚴維。不是花迷客自迷李商隱。

一斛珠　春暮　瞿大發

春光欲暮毛熙震。侵階草色連朝雨來鵬。鶯殘好夢無尋處馮延巳。滴滴霏霏閻選，暗濕啼猿樹毛文錫。情多最恨花無語鄭谷。亂紅飛過秋千去馮延巳。玉鞭魂斷煙霞路韋莊。門掩黄昏馮延巳，滿地飄輕絮毛文錫。

踏莎行　風雨

華　韶

小閣無人陸游，杏花吹盡趙元積。一簾風雨寒成陣朱希真。雙鬟慵整玉搔頭張祜，暖香惹夢鴛鴦錦温庭筠。淚漬羅衣劉過，背燈偷揾歐陽炯。碧尖蹙損眉重暈韓冬郎。迴紋機上暗生塵施肩吾，春愁一段來無影蕭吟所。

望遠行　贈别

瞿大發

嫁得蕭郎愛遠遊于鵠。萬里送行舟李白。暮山江上捲簾愁劉長卿。腸斷白蘋洲温庭筠。花欲謝韋莊，雨纔收馮延巳。當時攜手高樓馮延巳。可堪分袂又經秋馮延巳。雲物淒涼拂曙流趙嘏。此意向誰説顧夐，百舌五更頭顧況。

臨江仙　春日山遊

史鑑宗

千里好春聊極目吴融，朝朝幾度雲遮皇甫冉。又因蝴蝶夢生涯懷楚。欲尋霄漢路朱延齡，相送到煙霞李端。　乘興杳然迷出處杜甫，空山更有人家劉長卿。閉門高柳亂飛鴉錢起。客來花雨際李白，香飯進胡麻王維。

臨江仙　汾陽客感

朱彝尊

無限塞鴻飛不度李益，太行山礙并州白居易。白雲一片去悠悠張若虛。飢烏啼舊壘沈佺期，古木帶高秋劉長卿。　永夜角聲悲自語杜甫，思鄉望月登樓魏扶。離腸百結解無由魚玄機。詩題青玉案高適，淚滿黑貂裘李白。

臨江仙　閨望

董元愷

風裏落花誰是主李中主，江潭春草萋萋劉長卿。嚴妝初罷囀黃鸝和凝。似應知妾恨聶夷中，更與盡情啼韓愈。　終是疏狂留不住孫光憲，與郎終日東西孫光憲。門前楊柳綠陰齊馮延巳。征帆何處客李珣，惆悵暮雲迷李後主。

唐多令　春愁

朱彝尊

細草緑汀洲李嘉祐。斜陽下小樓杜牧。一回來白居易、使我生憂韓愈。記得玉人春病後薛能，生枕上、起眉頭魏扶。　此意重悠悠楊巨源。此情非自由戴思顔。笑春風李白、胡不爲留韓愈。欲寄相思千里月杜牧，君不見、曲如鈎齊己。

漁家傲　代贈

朱　襄

共宴紅樓最深處李賀。紛紛輕薄何須數杜甫。姊妹相攜心正苦戴叔倫。却無語馮延巳。前溪舞罷君迴顧李商隱。　婉孌夜分能幾許凌敬。遊絲半罥相思樹許景先。爲白阿娘從嫁與顧況。是君婦張潮。花前飲足求仙去劉商。

天仙子　閨怨

董元愷

紅蠟半銷殘焰短尹鶚。欹枕釵横雲鬢亂蜀後主。好天涼月盡傷心魏承班，紗窗暖和凝。金樽滿毛文錫。

何似狂夫音信斷顧敻。　低語前歡頻轉面馮延巳。　却恨良宵重夢見顧敻。　玉爐空裊寂寥香馮延巳，珠簾捲孫光憲。　芳草遠孫光憲。　舊恨年年秋不管馮延巳。

江城子　旅懷　萬樹

醉來扶上木蘭舟張仲宗。　大江流唐庚。　去難留周邦彦。　闊甚吴天史達祖、極浦幾回頭孫光憲。　春盡絮飛留不得劉禹錫，又重午劉潛夫，又中秋劉過。　芳塵滿目總悠悠蔣捷。　倚危樓辛棄疾。　雨初收歐陽修。天氣淒涼程垓、冉冉物華休柳永。　水面霜花匀似剪秦觀，剪不斷孟昶，那些愁毛滂。

前調　寄内

蕭蕭江上荻花秋亡名氏。　水悠悠黄昇。　思悠悠李璟。　移過江來僧揮、飛夢到揚州晁補之。　芳草連天迷遠望周邦彦，官驛外陸游，柳枝愁史達祖。　庭槐影碎被風揉吴淑姬。　晚雲留蘇軾。　夕陽洲蔣捷。　簾幕輕陰馬偉壽、暝色入高樓李白。　涼月去人纔數尺王安石，應念我李清照，不擡頭牛嶠。

魚游春水　春暮

朱　襄

去來雙飛燕李益。雙去雙來君不見盧照鄰。忍辜前約李珣，寫得魚箋無限和凝。却鎖重門一院深李涉，二月三月花如霰崔灝。獨立花前馮延巳，翠顰紅斂顧敻。自是春心撩亂歐陽炯。不插玉釵妝梳淺張籍。小窗風觸鳴琴韋莊，羅幃舒卷李白。相思一夜情多少關盼盼，落日徘徊腸先斷王宏。愁緒縈絲崔鶯鶯，吴蠶作繭李賀。

滿江紅　惜別

顧貞觀

江有歸舟蕭穎士，留不住李尃、使我心苦韓愈。將置酒王維、爲君斟酌夷陵女子，新歌善舞顧況。春色自憐歌舞地陳羽，鶯聲巧作煙花主温庭筠。爭奈何薛逢、北轉入溪橋張子容，長安路朱灣。層樓迥南唐中宗，風吹雨李賀。和粉淚馮延巳，牽心緒孫光憲。想昔年歡笑顧敻，繡衣金縷韋莊。滿鴨香熏鸚鵡睡司空圖，邀郎捲幔臨花語楊巨源。勸少年李紳、待暝合神光許敬宗，天明去白居易。

滿庭芳　送春

侯　晰

燕子呢喃宋祁，梨花寂寞韓玉，玉爐殘麝猶濃李珣。秋千影裏歐陽修，低樹漸葱蘢元稹。下有遊人歸路王安石，空目斷柳永、嬌馬花驄趙長卿。人不見毛文錫、留春無計趙彦端，背立怨東風姜夔。愁紅顧夐。吹鬢影毛滂，漫天飛絮向子諲，密密濛濛張泌。但暮雲千里張先，幽恨千重黄昇。惆悵曉鶯殘月韋莊，眠未足吴文英、欲語還慵馮延巳。鴛衾冷柳永，也應相憶柳永，昨夜夢魂中李後主。

圖書在版編目（CIP）數據

亦園詞選 /（清）侯文燦輯；曹明升點校. -- 南京：南京大學出版社，2024.11

（清代詞籍選本珍稀版本彙刊 / 沙先一，曹明升主編. 第一輯）

ISBN 978-7-305-27519-7

Ⅰ. ①亦…　Ⅱ. ①侯… ②曹…　Ⅲ. ①詞（文學）—作品集—中國—清代　Ⅳ. ①I222.849

中國國家版本館 CIP 數據核字（2024）第 001502 號

出版發行　南京大學出版社
社　　址　南京市漢口路 22 號　　　郵　編　210093

叢 書 名　清代詞籍選本珍稀版本彙刊（第一輯）
主　　編　沙先一　曹明升
書　　名　亦園詞選
編　　者　［清］侯文燦
點　　校　曹明升
責任編輯　李晨遠
裝幀設計　趙　秦
責任監製　馮曉哲

照　　排　南京紫藤製版印務中心
印　　刷　南京愛德印刷有限公司
開　　本　635 毫米×965 毫米　1/16　印張 22.75　字數 238 千
版　　次　2024 年 11 月第 1 版　2024 年 11 月第 1 次印刷
ISBN 978-7-305-27519-7
定　　價　88.00 圓

網址：http://www.njupco.com
官方微博：http://weibo.com/njupco
官方微信號：njupress
銷售咨詢熱綫：025-83594756